Voyage au bout de la plume

Chantal Arnaud

Voyage au bout de la plume

RevoiR Editions

Chapitre 1

L'Abandon

Le printemps était enfin arrivé. Quelques jours plus tard, ce fut au tour de Marine de montrer le bout de son nez. Tout près de son berceau, sa mère la couvait du regard en lui murmurant des mots tendres. Une larme coulait sur sa joue quand une dame d'une quarantaine d'années, assez forte et plutôt agréable, entra dans la chambre de la jeune mère. C'est avec beaucoup de délicatesse qu'elle la rassura sur l'avenir de son enfant. Elle lui présenta un document à signer, prit le bébé dans ses bras, récupéra le justificatif et sortit de la maternité avec le nouveau-né. Tout se passa très vite.

***

Qu'importe pour la jeune maman, elle savait que son petit être aurait une belle destinée grâce à cet héritage si particulier que lui avait transmis son père après un terrible accident d'avion lui ayant coûté la vie. La petite fut placée dans plusieurs familles d'accueil pour se retrouver chez Madame Gratter à l'âge de cinq ans. Une femme d'une soixantaine d'années environ, d'une grande exigence, autoritaire et ferme sur l'éducation de l'enfant. Elle était souvent d'une humeur massacrante, mais Marine se moquait bien de toutes ses remontrances et profitait souvent de son absence pour lire ou s'amuser dans le jardin devant la maison.

***

Dix printemps plus tard, cette année-là, Marine était devenue une belle jeune fille de quinze ans, pleine de vie, bien élevée, et avec beaucoup d'humour. Ses plus grandes passions étaient l'écriture et la lecture, ce qui lui donnait l'envie d'une toute autre vie. Ce qui lui permettait aussi de s'évader quelques heures par-ci par-là, mais un jour... l'adolescente écrivait sur son journal intime quand sa nourrice surgit brusquement dans la chambre.

– Que fais-tu ici ? Une chambre, c'est fait

pour dormir et non pas pour lire ou pour écrire ! cria Madame Gratter, très énervée.

– J'écris un journal... rétorqua la jeune fille.

La femme ne laissa pas Marine continuer ce qu'elle avait à dire pour s'excuser d'être entrée dans cette pièce qui lui était interdite dans la journée. Elle lui prit son journal des mains, y jeta un coup d'œil rapide, se déplaça pour lui faire face et flanqua une claque du revers de la main sur la joue droite de l'adolescente. Celle-ci retomba sur sa chaise en basculant par terre et se cognant l'arrière de la tête après avoir percuté l'armoire qui se trouvait juste à côté d'elle. C'était une femme très sévère, mais la jeune fille n'aurait jamais pensé qu'elle aurait pu lui faire du mal. Pourtant, ce fut le cas ce jour-là.

– Mais pourquoi ? Je n'ai rien fait de mal ! lui dit Marine, apeurée et collée au sol.

– Cette chambre n'est pas la tienne ! dit-elle. Ainsi que ce bureau et tout ce qui va avec ! Et si tu désobéis encore une fois, tu seras privée de sortie pendant un mois ! Tiens-le toi pour dit !

Cet après-midi-là, à l'école, Marine se refermait sur elle-même dès que le professeur lui faisait une critique sur son comportement solitaire et taciturne. L'adolescente se demanda s'il allait oser la questionner sur son attitude. Mais il préféra s'abstenir. Pendant ce temps là, à l'heure de la récréation, elle ne se doutait pas que son destin allait changer. La jeune fille se dépensait dans la cour avec Jordy, son meilleur ami, sans se contrôler, avec une complicité entre eux fascinante, comme s'ils étaient frère et sœur, imprévisibles et captivants. Ils se sentaient pousser des ailes, les enseignants chuchotaient en les suivant des yeux.

– Pourquoi cette gamine est-elle comme ça à l'extérieur ? Alors que dans la classe elle n'ouvre pas la bouche sauf pour dire bonjour, ce qui est déjà bien ! dit l'un des professeurs à ses collègues d'un air curieux.

Mais qui était-elle ? D'où venait cette enfant qui avait parfois une triste mine, mais qui pouvait aussi être gaie avec ce garçon qui semblait la protéger ? Que savait-on d'elle ?

Plus tard, Marine rentra de l'école pour rejoindre son domicile. Il était cinq heures de l'après-midi. Elle ne savait toujours pas ce qui l'attendait. Elle prenait les chemins de traverse avec Jordy qui s'arrêta devant chez lui, deux rues avant la sienne. Il habitait une très grande maison aux volets blancs. Au rez-de-chaussée, ses parents tenaient un grand magasin d'antiquités, avec des vieux meubles d'époque magnifiques, des bibelots et toutes sortes d'autres babioles dont la jeune fille ne connaissait pas l'existence.

– Tchao Marine, à demain, on passera par la

ville pour acheter des bonbecs !

Jordy avait souvent de l'argent de poche de ses parents et aimait bien partager son sac de friandises avec son amie. Il savait qu'elle ne pouvait pas s'en offrir et sa générosité la mettait très mal à l'aise... mais Marine ne disait rien, sachant qu'elle pourrait le vexer en refusant.

– OK ! A plus Jordy, lui dit-elle.

Marine continua le trajet toute seule, en sifflotant et sautillant, heureuse des moments passés avec Jordy. Quel merveilleux garçon, se disait-elle, il est formidable, et quelle chance il a d'avoir des parents si gentils. Sa mère, qu'elle connaissait bien, faisait souvent des pâtisseries aux pommes et au chocolat pour son fils. Elle observait fréquemment par la fenêtre l'arrivée des enfants pour leur donner un morceau de ce délicieux gâteau qu'elle venait de préparer. Elle disait à Marine : «Tiens, c'est ton goûter, mais ne mange pas trop vite, tu pourrais t'étouffer. » Et la jeune fille la remerciait en l'embrassant tendrement.

***

Dix minutes plus tard, l'adolescente arriva devant la porte de chez elle. Une femme se tenait là, et sa première pensée fut : « Est-ce ma vraie mère qui vient me chercher ? »

Jolie, de petite taille, des cheveux mi- longs, d'une couleur plutôt châtain tirant sur le blond, elle admirait les rosiers rouge et jaune qui grimpaient le long du mur de la maison. C'était le genre de personne que la jeune fille n'avait pas l'habitude de voir. Une femme de la ville, plutôt bien habillée. Elle la regarda en souriant et s'avança lentement vers Marine…

– Bonjour Marine, je suis ton assistante sociale, je place les enfants dans les familles. C'est pour cette raison que je suis là aujourd'hui. Ta nourrice m'a beaucoup parlé de toi. Elle me disait que tu aimais lire.

Marine regarda la jeune femme et resta bouche bée, l'air déçu. L'adolescente aurait tellement aimé qu'elle soit sa maman, pourtant la vie est ainsi faite.

– Allez, ressaisis-toi, se dit-elle.

– Oui, j'aime beaucoup lire, mais pas seulement. J'aime aussi écrire ! lui répondit Marine.

– Bien, voilà quelque chose d'intéressant, tu vas avoir tout le loisir d'écrire, mais pas seulement, car là où tu vas, il y a une très grande bibliothèque. Mais au fait, j'y pense, tu as compris pourquoi je suis ici . Je viens te chercher pour t'emmener dans un foyer où tu finiras ta scolarité, mais ne t'inquiète pas , tu seras tellement occupée que tu ne penseras même plus à cette école que tu auras laissée derrière toi. De toute façon dans un mois ce sont les grandes vacances et tu pourras revenir voir Madame Gratter aussi souvent que tu le souhaiteras.

Marine était une enfant de la DASS comme beaucoup d'autres (un *Rossignol*, comme on avait coutûme d'appeler les enfants sans parents). Elle savait très bien qu'un jour elle devrait quitter cette maison qui n'était pas la sienne. Ce qu'elle ignorait, c'était quand. Surtout que la jeune fille ne s'était pas préparée à ce départ précipité.

– Pourquoi suis-je obligée de partir maintenant ? rétorqua Marine à la jeune femme.

– Vous ne lui avez rien dit ? demanda t-elle à Madame Gratter.

Cette dernière répondit d'une façon agacée.

– Non. Et puis d'abord, je n'en ai pas eu l'occasion, fit-elle en parlant de la pointe des dents, comme si elle voulait mordre.

L'assistante sociale resta perplexe devant son comportement et se retourna vers la jeune fille d'un air vraiment déçu pour lui dire de ne surtout pas s'inquiéter, que tout se passerait bien.

– Ne t'inquiète pas, Madame Gratter doit rentrer dans une maison de repos, nous ne savons pas quand elle sortira, cela peut durer des années. Mais pendant ce temps-là, tu iras au *Centre des Rossignols* jusqu'à ta majorité.

L'adolescente lança un regard à la nourrice et lâcha un long soupir exaspéré. Celle-ci jeta un coup d'œil derrière elle pour éviter de croiser les yeux de Marine. Au même moment, l'assistante sociale les sortit de leurs pensées.

– Allez, vas préparer tes affaires et on y va, dit-elle gentiment en lui dégageant délicatement une mèche de cheveux qui tombait sur ses yeux.

La jeune fille resta muette et alla dans la chambre pour récupérer tous ses vêtements, sans oublier son journal intime. Arrivée dans la pièce, Marine fit sortir sa colère. Recourbée sur le lit, elle commença à préparer ses affaires, mais son esprit était ailleurs. Elle pensa tout bas à ce qu'elle aurait voulu dire tout haut.

– Tout ça, c'est des excuses, je suis sûre que c'est de sa faute, mais ce n'est pas un problème ! De toute façon, là où j'irai, ce ne pourra pas être pire qu'ici. Ça ne pouvait pas continuer avec cette sorcière.

D'un seul coup, elle leva la tête.

– Ho zut ! Il faut que je prévienne Jordy ! dit-elle affolée. Personne ne pourra le faire à ma place et je doute que la mère Gratter le fasse.

Au bout d'un certain temps, elle se dit, voulant se rassurer : tant pis, je l'appellerai demain, il viendra me voir quand j'aurai ma nouvelle adresse.

***

Un quart d'heure plus tard, l'adolescente ferma sa valise et son sac de sport, prête à partir pour sa nouvelle maison. Elle alla rejoindre les deux femmes qui l'attendaient dans le couloir. La nourrice la regarda s'éloigner en ouvrant la porte d'entrée avec un regard triste, comme si elle regrettait ce qui s'était passé. Cela fit beaucoup de peine à Marine, mais elle était pressée de fuir cette fâcheuse vie, même si elle ignorait ce qui l'attendait.

Après avoir chargé les bagages dans le coffre, elles montèrent dans le véhicule. Le long du trajet, Marine appréhendait d'arriver au foyer. Au milieu des habituels embouteillages de la ville, elle remarqua alors un homme qui disparut soudain étrangement, comme par enchantement. Elle pensa qu'il s'agissait à coup sûr d'une de ces hallucinations qu'elle avait déjà eues quand elle était plus jeune. La file de voitures repartit et, quelques minutes plus tard, tout en discutant, les deux femmes arrivèrent devant un portail en fer gris qui faisait penser à une prison, et que la jeune fille avait déjà vu à la télé. Il y avait une grande pancarte indiquant *Centre des Rossignols*. En fait, l'endroit était un gigantesque enclos pour enfants sans parents, avec des foyers pour tous : foyers scolaires pour filles, garçons, et foyers mixtes pour jeunes *Rossignols*, ainsi qu'une pouponnière qui se trouvait à l'intérieur de cet immense parc arboré de très grands sapins, qui ne devaient sûrement pas être décorés dans une maison au moment des fêtes de Noël. C'est ainsi que l'assistante sociale franchit l'enclos pour accéder au foyer où devait séjourner Marine. Elles descendirent du véhicule et sortirent les affaires du coffre, laissant quelques bagages devant la porte. Plus tard, elles retournèrent sur leurs pas pour récupérer une autre valise que la jeune fille avait laissée devant le hall d'entrée afin de s'alléger du poids et de l'encombrement. Elles en profitèrent pour prendre le temps de découvrir ce parc de jeux pour enfants. Il y avait dans l'enceinte du centre des parterres de fleurs magnifiques, comme on en voit souvent dans les jardins privés, ainsi qu'une pelouse où Marine aurait bien voulu faire une pause bronzette avec ce soleil resplendissant. Quand l'adolescente eut terminé de déménager le reste de ses valises, elle eut beaucoup de peine en repensant à Jordy qui ne savait toujours pas qu'elle était partie sans lui dire au revoir. La jeune fille fut tirée de ses pensées par une voix douce qui l'interpella. Elle se retourna lentement, et...

– Bonjour… vous êtes l'assistante sociale je crois, et je suppose que tu es Marine ? Je suis l'éducatrice du foyer filles, je m'appelle Christelle et c'est moi qui m'occuperai de toi, lui dit-elle avec une très grande gentillesse.

Les deux femmes se serrèrent la main. Au bout d'une dizaine de minutes de discussions sur le centre où l'adolescente allait passer des jours, des mois et des années inoubliables, l'assistante sociale prit congé.

– Je m'excuse, je vais devoir vous laisser continuer à faire connaissance, je dois passer à mon bureau avant de rentrer chez moi, et avec la circulation qu'il y a encore à cette heure-ci, je ne suis pas encore arrivée. À bientôt Marine, nous nous reverrons dans quelque temps, mais en attendant je te souhaite un bon séjour dans ta nouvelle demeure des *Rossignols*. Tu verras, tout se passera bien, et tu te feras de nouveaux amis.

Elle embrassa la jeune fille, salua la monitrice de la main, tourna les talons puis remonta dans sa voiture. C'est après le départ de la jeune femme que Christelle présenta les filles de l'établissement à Marine.

– Coucou, les filles… Marine est arrivée, venez vite l'accueillir.

Les voilà mystérieusement sorties toutes en même temps de leur chambre. Marine qui, habituellement se déplaçait normalement, mettant un pied devant l'autre, ne comprenait pas ce qu'elle venait de voir. L'éducatrice fut très étonnée du regard impressionné de la jeune fille, mais elle préféra ne pas aborder le sujet aujourd'hui car, après tout, l'adolescente n'était là que depuis une demi-heure à peine et elle avait deux mois de vacances scolaires pour découvrir et comprendre ce qu'était vraiment le *Centre des Rossignols* et quel était son avenir.

– Salut, Marine, moi c'est Elsa, et la grande blonde aux lunettes qui me tire le pull, c'est Meg, fais pas attention, on a joué au pendu et elle a perdu. Ce qui la rend furax. Mais tu verras, un jour tu finiras par connaître tout le monde.

Elles devaient être une dizaine d'âges différents, mais toutes plus vielles que Marine.

– C'est clair que je ne peux pas connaître tout le monde le même jour, songea-t-elle.

– Elles n'ont pas l'air comme ça, mais elles sont super. Tu apprendras vite à les connaître, t'inquiète pas ! Mais j'suis étourdie, pose ta valise ici, tu la reprendras plus tard avec le reste de tes bagages, lui proposa Christelle.

L'adolescente se trouvait intimidée par toutes ces filles qui l'observaient de la tête aux pieds sans dire un mot. Et surtout elle se demandait si elle n'avait pas rêvé. Peut-être encore un tour de mon imagination, se disait-elle. La monitrice fit les présentations et proposa à une des pensionnaires de faire visiter le foyer à Marine.

– Allez les filles, ne restez pas là à regarder Marine comme une bête curieuse, elle est comme vous et moi.

***

Elles retournèrent à leurs occupations tout à fait normalement, en marchant tranquillement et se séparant chacune de son côté, après avoir passé Marine en revue sous tous les angles. C'est alors qu'on lui présenta celle qui devait partager sa chambre.

– Tu viens Marine, lui dit l'adolescente, très empressée d'être son amie. On va commencer par ma chambre qui sera aussi la tienne. Je m'appelle Lisa et je viens du sud. Et toi, d'où viens-tu ?

La jeune fille ne répondit pas et Lisa n'insista pas. Mais, en guise de réponse, elle lui lança un sourire timide en n'étant pas très rassurée. Tout lui paraissait si nouveau.

Marine suivit la jeune fille en empruntant ce couloir qui était aussi long que des galeries souterraines. Les murs étaient couverts de photos qui devaient représenter les pensionnaires du foyer un jour d'anniversaire ou de réveillon. A gauche, il y avait des stars de la télé, comme Stromae, ce chanteur si populaire, et quelques acteurs célèbres. Et à droite, on pouvait voir de très belles régions, avec des statues, des monuments, et d'autres paysages que la jeune fille aurait bien aimé visiter. Enfin, elles arrivèrent dans leur chambre.

– Entre Marine, c'est ta piaule.

Lisa ouvrit la porte et laissa passer sa nouvelle amie devant elle.

– Celui- là, c'est mon plumard, avec tous mes posters autour.

Drôle de langage, se demanda Marine, mais fallait dire aussi que la fille était un peu garçon manqué.

– Et celui-là, c'est le tien ! Si tu veux, je te donne des posters.

Elle fouilla dans son bureau et sortit quelques affiches qu'elle donna à Marine.

– Tiens, OK, j'ai des chouettes que je t'avais réservées.

– Mais tu savais que je venais ? lui rétorqua Marine d'un air étonné.

– Ben, oui ! lui dit-elle, plutôt gênée, comme si elle venait de gaffer. Tu sais, on parle beaucoup ici.

– Pourquoi des chouettes ? demanda Marine.

– Tu n'aimes pas les chouettes ? Si tu veux je te donne des rossignols.

Marine se demandait si c'était du lard ou du cochon. Mais apparemment, Lisa était très sérieuse.

– Non, non, ce n'est pas ce que je voulais dire, mais ce n'est pas grave. Merci quand même.

Lisa n'insista pas et continua la visite.

– Je vais te montrer le reste de notre bicoque.

Marine avait beaucoup d'humour et aimait bien les oiseaux, mais de là à scotcher une dizaine de chouettes et de rossignols dans sa chambre, il y avait de quoi se poser des questions. J'aime bien les personnes un peu spéciales, se disait-elle. Surtout avec un style garçonnet, mais quand même. Tout en discutant, les deux adolescentes arrivèrent dans une des salles de bain qui se trouvaient au fond du couloir. Des lavabos étaient disposés sur toute la longueur du mur de la salle d'eau, avec des douches de l'autre côté et une grande baignoire qui lui faisait penser au pensionnat que lui avait décrit Jordy il y a trois ans. Dans la continuité du long dégagement, sur la gauche, on pouvait voir une porte vitrée. Là où se trouvait la salle de télé, comme les pensionnaires du foyer avaient l'habitude de l'appeler. La pièce était aussi grande qu'une salle à manger, avec un téléviseur, une table remplie de magazines, quelques posters de chanteurs affichés au mur blanc. Ben, ça change un peu des chouettes de Lisa ! pensa Marine en souriant devant un baby-foot endommagé. L'endroit était simple, mais plutôt sympa.

– Comme tu peux le constater, ici on regarde la télé… et éventuellement, quand le baby-foot est réparé on fait des parties. Mais ça, c'est quand il est réparé, lui dit Lisa.

C'est alors que, d'un seul coup, sans crier gare, Lisa pivota sur le côté et se mit à courir comme une furie.

– Viens Marine, suis-moi ! lui dit-elle. La première arrivée dans la cuisine, au fond du hall.

Sans comprendre ce qui se passait, Marine suivit sa nouvelle amie en ricanant comme si elles s'étaient toujours connues, ce qui ne déplaisait pas à la jeune fille. Elles avaient à peu près le même âge, Marine était plus jeune d'un an, avec une même corpulence, mince, mais Lisa avait des cheveux bruns et si courts que l'on pouvait presque la confondre avec un garçon. Quant à Marine, sa longue chevelure blonde lui retombait sur les hanches et ses yeux verts d'eau faisaient ressortir son doux visage. Le hasard fit que toutes deux portaient un jean clair et une chemise de couleur bordeaux avec un revers aux manches. Quand elles arrivèrent en courant dans le coin cuisine, Christelle les interpella en leur demandant de se calmer.

– Dis donc Lisa, tu sais très bien qu'il ne faut

pas courir dans les couloirs. Tu ne montres pas le bon exemple à notre nouvelle pensionnaire. Explique lui plutôt comment on se déplace sans faire de bruit. Ainsi que le fonctionnement des gamelles, je pense que ça lui sera plus utile pour la suite.

Marine commençait à se plaire dans sa nouvelle maison. Elle se sentait libre comme un oiseau échappé de sa cage. Faut dire que jusqu'à maintenant, tout le monde s'était montré très gentil avec elle.

– OK, Christelle, désolée je ne recommencerai plus, promis, juré, RETROPELET ! répondit Lisa.

– Ne plaisante pas trop Lisa, tu risquerais d'être privée de RETROPELET. Je pense que pour la première sortie de Marine, vous voudriez la faire ensemble si je ne me trompe, n'est-ce pas ?

En la taquinant, et tout en la prévenant que si elle ne se calmait pas elles seraient sanctionnées, elle montra à la jeune fille qu'elle avait tout intérêt à ne pas faire n'importe quoi pour ne pas être punie, et elle le savait très bien.

Après lui avoir fait la morale, l'éducatrice adressa un sourire à Marine pour la rassurer et tourna les talons en direction de la porte d'entrée en murmurant :

– Soyez sage, je reviens dans peu de temps.

Sans plus attendre, la jeune fille demanda à Lisa ce que voulait dire RETROPELET.

– Tu n'es pas au courant ? Quoique, je m'en doute un peu... ben voilà ! Les enfants sans parents sont appelés les *Rossignols* à cause de leur pouvoir. Ils sont placés dans une ou plusieurs familles d'accueil à l'âge de deux ans. Avant ça, ils vont dans une pouponnière pour y rester le temps de leur trouver une nourrice. C'est à l'adolescence qu'ils sont placés dans un centre, qui est un bâtiment pour adultes avec des problèmes de comportement sur le RETROPELET. Mais pour toi, ton parcours n'a pas été le même que le mien, ni celui de certains autres d'ailleurs.

– Et pourquoi ? s'inquiéta Marine.

– A vrai dire, je ne sais pas trop pourquoi. Tout ce que je sais, c'est que tu es différente. La preuve, c'est que tu aurais dû être au foyer scolaire beaucoup plus tôt que moi, vers douze ans.

– Je sais que quand j'étais une petite fille, je suis allée dans plusieurs familles d'accueil qui n'ont pas pu me garder. Pourtant, d'après ce que l'on m'a dit, j'étais une enfant sans problème particulier. Mais aujourd'hui, je suis persuadée qu'ils me cachaient un secret, et c'est d'ailleurs pour cette raison que je suis ici avec toi. Mais quel est ce don, et qu'est-ce que j'ai de plus que les autres ? Explique-moi !

– Viens !

Lisa emmena Marine dans un coin discret.

– RETROPELET veut dire téléporter. Mais nous n'avons pas le droit de le dire sauf à l'envers.

– Tu veux dire que l'on peut se déplacer d'un coup de baguette magique ? C'est complètement ouf ce que tu me racontes !

– Oui, je sais, rétorqua Lisa, ça paraît chelou ! Mais ce que je ne comprends pas, c'est pourquoi on ne t'en a rien dit ?

– On m'en parlera peut- être plus tard, je viens juste d'arriver. Et puis je vais te dire, je m'en fous. Enfin je dis ça, mais j'aimerais bien savoir quand même. De toute façon, je suis beaucoup mieux ici que chez ma nourrice.

– Tu étais si mal dans ta famille ? Alors ça, ce n'est pas de chance, la mienne était super, mais voilà, j'ai été obligée de la quitter. La vie est mal faite.

– C'est marrant, c'est ce que me dit souvent Jordy, la vie est mal faite.

– Tu l'aimes beaucoup ce mec, tu n'arrêtes pas d'en parler.

– Oui, c'est vrai, il est comme un frère pour moi. Mais parlons d'autre chose si tu veux bien.

Marine n'osait pas demander à Lisa comment faire pour se téléporter. La jeune fille était très hésitante. Elle se demandait si elle ne pourrait pas se RETROPELET, pour rendre visite à Jordy, même si cela lui paraissait stupide. L'adolescente voulait en avoir le cœur net.

– Tu... tu pourrais me montrer ?

Gênée, Marine finit par lui dire :

– Laisse tomber, je t'en parlerai plus tard.

Lisa comprit la question de son amie et lui expliqua qu'elle lui dirait tout ce soir au coucher... ou la semaine prochaine qui serait plus appropriée. Marine n'insista pas, et les deux adolescentes continuèrent la visite.

– Au fait, Lisa, c'est quoi, des gamelles ?

– Des gamelles, ce sont des récipients métalliques qui contiennent à manger pour la journée. Nous les récupérons tous les matins en bas du foyer. À midi et le soir, on n'a plus qu'à réchauffer les plats. Ensuite, on les lave et on les redescend pour que Louis nous fasse le plein pour le lendemain. Louis est un garçon de vingt ans, super sympa, il n'est pas stupide comme certains mecs. Y bosse pour tout le Centre et c'est lui qui s'occupe des espaces verts, faut dire qu'il a la main verte.

– C'est la première chose que j'ai remarquée en arrivant, lui répondit Marine. Le parc est magnifique, je dirais même mieux, magique avec ses immenses arbres. On passerait des heures à le contempler.

– Ouai, moi aussi j'l'aime bien, dit Lisa tout bas.

Marine regarda l'adolescente d'un air amusé...

– Ben quoi ? Ha... d'accord ! J'te parle du parc, pas de Louis. Tu croyais que... T'es ouf ! C'est un chouette mec, mais pas plus... bon ! Si on passait à autre chose. Comme tu as pu le constater, là, nous sommes dans la cuisine!

Lisa était très évasive, comme intimidée, ce qui pourtant n'était pas dans son habitude. Un court moment, Marine se sentit gênée de l'avoir taquinée, et elle changea très vite de conversation.

– Moi j'ai un copain, c'est Jordy, mais ça tu le sais déjà. Plus exactement, c'est un ami d'enfance, rien d'autre. On s'entend plutôt bien et j'aimerais qu'il soit là. On est venu me chercher à la sortie de l'école et je n'ai pas pu le prévenir. La jeune fille eut un moment mélancolique.

Après un certain temps, tout en discutant, Marine fit un arrêt en se retournant du côté de son amie, bien décidée à lui demander de se téléporter.

– J'ai une idée ! Et si je me téléportais, je n'ai jamais essayé, j'aimerais bien savoir ce que l'on peut ressentir. Tu me montres ?

– Chut ! Il ne faut surtout pas dire ce mot !

– Mais pourquoi ? Il n'y a pas de mal à ça !

– Écoute, je t'en parle ce soir, à la condition que tu ne prononces plus ce mot de la journée ! Sinon tu vas nous créer des problèmes. On est d'accord ?

– OK ! On continue ? proposa Marine en souriant, bien qu'elle fût très déçue !

***

Lisa poursuivit la visite en ricanant et en plaisantant sur la description de la cuisine. On aurait cru qu'elle faisait une démonstration pour une publicité à la télé.

– Alors, cette grande cuisine possède un long bar en bois blanc avec son plateau rouge en formica. Il sépare la salle à manger et sert à réchauffer les gamelles dont j'te parlais tout à l'heure. Mais on peut aussi faire notre repas nous-mêmes. Par exemple, des gâteaux, un bon menu d'anniversaire, ou autre chose, c'est toi qui vois. Bon ! Ensuite, eh ben, j' crois que ça sera tout pour aujourd'hui.

– Qu'est- ce que c'est que cette liste de noms accrochée à côté du frigidaire ? lui demanda Marine.

– Ha, ça ! Ce sont les jours de corvée de vaisselle ou de gamelles.

– Moi aussi je serai de corvée ?

-Oui, bien sûr, mais pour toi ça ne commence que la semaine prochaine, comme tu viens d'arriver, tu pourras toujours m'aider ce soir. Enfin, si tu veux bien.

– OK, pas de problème ! Maintenant qu'est

ce qu'on fait ?

– Les filles qui s'occupent de préparer à manger vont bientôt arriver, et nous pendant ce temps-là, on va dans notre chambre et on parlera de ce que tu sais, lui chuchota-t-elle à l'oreille.

– Mais on ne reste pas avec les autres ?

– Tu sais, elles sont plus vieilles que nous, et la plupart du temps elles parlent de leur boulot. Alors, tu vois, ce n'est pas très marrant pour nous.

– Alors, pourquoi habitons-nous dans le foyer jeunes filles, au lieu d'être avec les scolaires ?

– Primo, il n'y avait plus de place, et deuxio, comme tu es nouvelle avec un don plus fort que le nôtre, ils n'ont pas voulu que tu te retrouves seule au foyer filles. Ne m'en demande pas plus, je n'en sais rien du tout.

– Bon, OK ! Qu'est- ce qu'on mange ce soir ? se soucia Marine.

Lisa trouvait que sa nouvelle amie posait beaucoup de questions, mais ce n'était pas pour lui déplaire, bien au contraire. Au bout d'un certain temps l'adolescente eut une idée. Elle prit Marine par la main et la tira jusque vers un calendrier où défilait tout le menu de la semaine.

– Regarde devant toi Marine ! Que vois-tu ?

– Ha oui, si je comprends bien, ce soir nous mangeons du poulet frites, avec de la salade de fruits.

La jeune fille trouvait ça amusant, ce système de gamelles et surtout de menu comme à l'école. Elle qui avait toujours voulu manger à la cantine, elle était servie !

– T'as capté ? Tu sais, on a même des gens qui viennent nous servir comme au resto.

Marine regarda son amie d'un air étonné.

– Lol, reprit-elle. Allez viens, tu vois bien que je plaisante, je voulais seulement te changer les idées. À ce que je vois c'est raté !

– Non pas du tout ! Je découvre la vie en société, moi qui suis toujours allée chez une nourrice, et la dernière était la mère Gratter...

– Quel drôle de nom !

– A qui le dis-tu ! J'dirais plutôt la mal Gratter, ça lui va si bien.

Lisa pouffa de rire à n'en plus finir.

– Tu sais que t'es comique ? Je sens que tu vas me plaire ! lui dit Lisa en riant.

Marine était très à l'aise avec sa nouvelle amie et se sentait revivre. Mais la jeune fille pensait toujours à Jordy. Cela la rendait bien triste, elle se demandait ce qu'il allait penser d'elle en ne la voyant pas lundi matin sur le chemin de l'école. Va-t-il croire que je suis comme les autres, à lâcher les amis ? Non, pas Jordy ! se disait-elle.

– Coucou, Marine ! T'es avec moi ? T'es souvent dans la lune, comme disait ma mère nourricière. Et si tu t'occupais de tes bagages qui sont dans l'entrée ?

– Tu as raison, je vais les chercher ! Tu m'aides ?

– Qui, oim? OK, j'arrive...

– T'es comique ! Mais j'aime bien, tu m'amuses.

– Voilà quelque chose qui t'donne le sourire, ça fait plaisir.

De retour dans la chambre, Marine déballa ses affaires pour les ranger dans le placard qui se trouvait à côté de son lit.

– Regarde, tu as aussi une penderie, pas très large, mais ça devrait suffire pour tes chemises. Quant au reste, si tu n'as pas assez de place, mets-le sur mon étagère qui ne sert à rien.

Marine remercia son amie de sa délicatesse et continua à disposer ses vêtements. Pendant ce temps, Lisa laissa seule la jeune fille pour aller voir où en était le repas.

***

Elles se retrouvèrent, plus tard assises à table, prêtes à déguster cette délicieuse cuisine que Sabine et Carie, deux pensionnaires du foyer, avaient fait réchauffer et déposée dans des plats. Tout le monde faisait un barouf de tous les diables, les unes comme les autres n'étaient pas d'accord. Les deux adolescentes ne s'entendaient plus parler. Enfin, après une dizaine de minutes de boucan, l'éducatrice poussa un cri de ras le bol !

– Stop ! Calmez-vous ! Vous oubliez les bonnes manières ! Marine est nouvelle parmi nous. Que va-t-elle penser si vous vous comportez de cette façon ? Parlez, mais sans crier.

Puis on n'entendit plus que les mouches voler. Le calme était revenu. Plus tard, les filles se retrouvèrent seules et tranquilles pour la vaisselle et parlèrent de ce qu'elles allaient faire quand elles auraient terminé.

– Est-ce que l'on pourra aller se balader en ville demain ? demanda Marine à son amie.

– Oui, bien sûr ! Mais à ce propos, pour mercredi prochain, on fait une sortie toutes les deux avec Christelle.

– Où allons-nous ?

– On va faire une balade dans les bois, nous y resterons toute la journée et peut-être le jeudi aussi, mais pas sûr.

Marine regarda Lisa avec un sourire inquiet.

– Aller dans les forêts ? se disait-elle en chuchotant tout bas.

– Non, pas dans les forêts, dans les bois, rétorqua Lisa.

– C'est pareil ! Quoi qu'il en soit, j'ai horreur des bois ! C'est sombre et c'est froid. En plus toute la journée, mais qu'allons-nous y faire ?

Quand Lisa vit le mécontentement de son amie, elle la rassura et lui parla des entraînements de RETROPELET qu'elles devaient entreprendre ce jour-là.

– Tu verras, ça sera fantastique ! C'est génial !

– Ha, d'accord… et drôle j'espère ? rétorqua Marine qui ne voulait jamais perdre une occasion de se distraire.

Les adolescentes continuèrent leur tâche en silence, ou presque. Elles étaient excitées à l'idée de ce moment attendu et Marine ne pouvait s'empêcher de poser des questions. Au bout d'un moment, Lisa consulta sa montre de peur qu'il ne soit trop tard pour aller faire un tour dans le parc.

– Vite ! dit-elle à Marine. Si on attend trop, on pourra plus sortir.

– Je ne savais pas que l'on pouvait aller se balader ce soir !

– Oui, mais il faut rester dans le parc. Sans oublier que l'on a des heures pour rentrer, et si on ne se grouille pas, on restera là !

– Wouha, ben ça, alors ! Chez ma nourrice je ne pouvais jamais sortir. C'est rudement bien ici. Marine n'en revenait pas d'avoir des heures de sortie. Il y a autre chose que je dois savoir ?

– Tu le sauras bien assez tôt, ne sois pas si pressée. Allez vite, on y va !

Marine accéléra l'allure pour essuyer le reste de la vaisselle qui s'égouttait sur l'évier. Après une quinzaine de minutes, la corvée terminée, les jeunes filles se précipitèrent dans l'escalier et enfilèrent leurs chaussures. Les voilà parties faire le tour du parc. Tout en marchant, l'adolescente regardait les alentours, surprise de voir ces grands bâtiments. Tout à coup, elle s'arrêta net, curieuse, et demanda à son amie ce que représentait ce mur au loin, aussi grand qu'une muraille et qui séparait le *Centre des Rossignols* ?

– Dis-moi, Lisa, c'est quoi ce mur qui est presque aussi haut qu'une montagne ?

– Ah ça ! C'est un autre centre avec des enfants comme nous. Mais avec un don différent de toi ou de moi. Enfin, je crois bien. À vrai dire, je ne sais pas trop ce qu'ils ont de plus que nous.

– Tu les as déjà vus?

– Houla, non ! On nous interdit de communiquer avec eux.

– Ah, et pourquoi ?

– Je ne sais pas. Mais je pense que ça ferait beaucoup de dégâts si on mélangeait nos pouvoirs avec les leurs. S'ils ont des pouvoirs, ajouta-t-elle.

– C'est dommage, on aurait pu essayer de voir ce que ça fait. On peut toujours en parler à Christelle...

– Allez-va, laisse tomber. De toute façon, même si on en parlait à la direction du foyer, ils nous enverraient paître.

***

Marine ne comprenait pas cette différence faite par le *Centre des Rossignols* et les autres, et elle aurait bien voulu en savoir davantage. Têtue comme elle était, l'adolescente savait très bien qu'un jour elle chercherait à connaître la vérité, comme pour sa mère qui l'avait abandonnée avec tous ses secrets.

– Dis, Lisa, pourquoi es-tu si pressée ? lui dit-elle.

Elle expliqua à Marine qu'après l'heure, c'était plus l'heure.

– Si on ne se dépêche pas, on rentrera trop tard et demain on ne pourra pas ressortir. Allez viens ! Profite des bons moments, on doit être rentrées pour dix heures.

Les deux filles discutaient de tout et de rien en prenant des fous rires. C'est après avoir fait le tour du parc qu'elles passèrent devant le logement des garçons, à pas de velours, sans se faire remarquer. Tout d'un coup, elles entendirent une voix qui venait d'une fenêtre.

– Hé ! Viens voir, y a des meufs…

– Allez, viens Marine, y sont pas marrants.

– Tu les connais ?

– Ouai ! Y en a qui sont sympas, mais d'autres...

– Attends ! J'en ai aperçu un qui avait l'air

pas mal, ajouta Marine.

– Comment il est ?

– À peu près de notre âge, peut-être plus vieux, mince, avec des lunettes rondes et une chemise claire à motifs. Enfin, il faisait sombre, je n'ai pas bien vu.

– Ah oui, je vois, ça doit-être Julien. Il est moins gamin que certains.

En regardant sa montre, Marine s'affola !

– Il est dix heures, on est en retard, mais faut dire que le temps passe trop vite.

– T'as raison ! Vite, on file !

Lisa aurait bien voulu se téléporter pour aller plus vite, mais la jeune fille avait reçu des recommandations sur le RETROPELET pour les nouveaux *Rossignols* qui n'avaient pas l'habitude de se déplacer en deux temps trois mouvements. Ce qui était le cas de Marine. Alors, les deux adolescentes se mirent à courir à toutes jambes en passant par des raccourcis qui les firent arriver malgré tout avec cinq minutes de retard. Les filles montèrent dans leur chambre discrètement et, par chance, personne ne les attendait. Et, surtout, la porte était encore ouverte. Car, passé dix heures, l'entrée du foyer devait être fermée à clé. Essoufflées de leur course, elles se laissèrent retomber sur leur lit en prenant une grande respiration. Une fois reposées, elles se mirent en pyjama et discutèrent de ce qu'elles allaient faire le lendemain. Marine voulut lui parler du RETROPELET lorsqu'elle repensait à ce qu'elle avait vu avec les pensionnaires. Après un court bavardage elles s'endormirent très vite à cause de la fatigue de la journée.

Chapitre 2

Découverte du pouvoir

Tôt le matin, Marine et Lisa furent réveillées par l'éducatrice qui, à leur grande surprise, n'était pas Christelle.

– Bonjour, les filles. Allez, debout ! Tu as bien dormi, Marine ?

– Oui très bien, merci, lui répondit la jeune fille d'une voix fatiguée en se disant qu'elle aurait bien aimé dormir plus longtemps.

– Je m'appelle Agathe et je remplace Christelle pour la matinée, dit-elle à Marine.

– Mais pourquoi ? demanda Lisa, spontanée et très étonnée.

– Il y a un changement de programme. Vous irez faire vos exercices cet après-midi avec Christelle, mais pour ce matin c'est moi qui m'occupe de vous.

– On nous a dit que c'était mercredi !

– Oui, je sais Lisa, mais Christelle a un empêchement ce jour-là. Et c'est pour cette raison que je suis ici aujourd'hui.

– Mais nous sommes samedi, on est en week-end, insista Lisa qui voulait faire une balade en ville avec son amie.

Marine ne disait rien et restait là, assise sur son lit, dans ses pensées, sans comprendre ce qui se passait et sans chercher à savoir non plus. Pour elle, la conversation était un peu trop matinale.

– Arrête de poser des questions Lisa, va prendre ta douche, déjeuner et t'habiller ! Après on en parle ! lui dit-elle d'un ton sec.

Lisa acquiesça et se leva de son lit sans rajouter un mot. Elle n'était pas vraiment déçue mais surprise de ce bouleversement aussi radical. Elle n'aimait pas les changements brutaux. Après cette conversation inattendue avec les filles, l'éducatrice partit rapidement de la chambre sans se retourner, comme si elle était pressée. C'est alors que les adolescentes se précipitèrent dans la salle de bain pour ne pas perdre de temps. Une heure après, elles étaient prêtes. Elles avancèrent en chuchotant dans le bureau des éducateurs qui ressemblait à une chambre comme la leur.

– Rentrez les filles, je vais vous expliquer le

programme de votre journée. Quant à toi Marine, tu dois être surprise de tout ça ?

– Oui, un peu. C'est vrai que j'aimerais comprendre...

Marine était gênée par la façon dont Agathe s'était présentée ce matin-là. Et, de plus, sa voix dure, si différente de celle de Christelle la refroidissait, elle lui faisait presque penser à la mère Gratter, mais son apparence était bien plus classe. Comme l'assistante sociale, elle était blonde, sauf qu'elle était plus grande, on aurait dit une star de cinéma.

– Ecoute-moi bien Marine ! Les règles du RETROPELET déterminent les conditions dans lesquelles est mise en œuvre la liberté de se déplacer d'un point à un autre en un rien de temps. Ainsi que le devoir qui est la condition de respecter les jours, l'heure et l'endroit de ton déplacement. Si tu veux aller à un endroit qui te tient à cœur, tu dois d'abord en parler à l'un des éducateurs qui sont de service ce jour-là ! Et très vite tu t'apercevras que tu ne peux aller où tu veux sans connaître les lieux. Ah oui, j'oubliais. Très important. Surtout, ne jamais faire courir le bruit de ce qui se passe dans l'enceinte du foyer. Si tu as des questions, tu viens me trouver, ou Christelle. On est d'accord ?

Agathe n'était pas très commode. Si un jour j'ai un problème, ce n'est pas à elle que j'irai en parler ! Je me demande si la mère Gratter n'est pas moins chelou que ce centre. On croirait rêver, pensa Marine.

– Oui mais, comment fait-on pour ce... RETRO... comme vous dites, demanda-t-elle timidement.

Marine avait retenu la leçon d'hier de Lisa et préférait aborder le sujet du RETROPELET avec prudence, de peur d'avoir des remontrances.

– D'abord ! Tu me tutoies. Nous sommes une famille unie. Ensuite, j'ai compris ce que tu voulais me dire. Nous t'expliquerons tout ça plus tard. Pour l'instant, j'ai une réunion ce matin. Maintenant nous allons faire un RETROPELET ensemble. On y va ?

Marine acquiesça.

– Ferme la porte Lisa, s'il te plaît. Merci. Ah oui, j'oubliais !

Agathe sortit un bipper de l'armoire qui se trouvait derrière elle et le donna à Marine.

– Tiens Marine ! C'est un bipper qui te permettra de joindre un éducateur si un jour tu as un problème pour rentrer. Tu demanderas à Lisa de t'expliquer le fonctionnement. C'est très simple, tu verras. T'inquiète pas, tu auras tout le loisir d'apprendre tout ça ce week-end.

Marine prit le bipper, et l'examina dans tous les sens. Faut dire qu'il n'était pas bien gros avec la taille et la forme d'un stylo. Après cette découverte, Lisa ferma la porte. Elles étaient prêtes à partir.

– Zut ! Attendez- moi, je reviens, j'ai oublié de donner des instructions aux filles, leur dit l'éducatrice.

Pendant ce temps-là, Marine chuchota à Lisa :

– Alors c'est vrai, on peut se téléporter ? Je croyais que c'était une histoire à toi que tu avais inventée.

Lisa lui adressa un signe de la tête pour l'intimer à se taire. Et au même moment, l'éducatrice arriva !

– Allez, ce coup ci, c'est parti ! Lisa, tu sais comment on fait ! Donc, tu prends ton amie par la main pour ne pas la laisser derrière toi. Et toi Marine, tu mets ton bipper dans ta poche... On y va !

***

L'éducatrice vida son esprit pour ne plus penser qu'au lieu où elle voulait se téléporter, et, en l'espace d'une dizaine de secondes, elles s'étaient volatilisées. Marine regardait autour d'elle et n'en croyait pas ses yeux. L'atterrissage de son premier RETROPELET l'avait émerveillée par la rapidité et la douceur de son arrivée. Elle se trouvait devant une grande cabane au fin fond des bois, complètement perdue, mais heureusement, elle n'était pas seule. Agathe et Lisa se trouvaient là, à côté d'elle, en train de l'observer, le sourire aux lèvres.

– Tu vas bien, Marine ? demanda Agathe.

L'adolescente était impressionnée !

– Ben, ça alors ! J'ai du mal à y croire. Et moi je peux faire pareil ?

– Oui, mais en attendant que tu saches faire la même chose toute seule, il faut t'entraîner. Rentrons dans la bicoque pour y faire un peu de ménage, et après nous commencerons les exercices.

L'éducatrice sortit de sa poche des clés de toutes sortes. Il faut dire que la porte d'entrée possédait au moins quatre serrures différentes. Le chalet avait la taille d'une petite habitation, entourée de hautes herbes, et d'apparence mal entretenue. Marine voulut s'approcher discrètement d'une fenêtre grise de crasse pour jeter un coup d'œil à l'intérieur, mais elle était bien trop sale pour y voir quelque chose. L'endroit paraissait abandonné. Après l'ouverture du cabanon, l'intérieur n'était pas aussi délabré qu'il le paraissait de l'extérieur. Mais un peu de nettoyage s'imposait sur les quelques vieux meubles de récupération qui se trouvaient dans la maison. Les sols étaient propres. Au mur étaient accrochés des tableaux de chouettes et de *rossignols* (plutôt bizarre... comme tout le reste d'ailleurs). Les appareils ménagers étaient modernes. Les étagères de la cuisine étaient couvertes de conserves et de bouteilles d'eau, suffisamment pour nourrir un régiment pendant plusieurs jours de captivité.

– C'est quoi cette armoire qui est fermée à clé ? demanda Marine

– Ah oui ! rétorqua Agathe. Ce sont tous les bips des anciens du centre, et d'ailleurs il doit y avoir une place pour le tien quand tu ne t'en serviras plus. Mais pour ça, il faudra attendre ta majorité du pouvoir. Quand tu auras atteint l'âge de tes vingt-et-un ans, tu pourras aller ou tu veux sans être surveillée. Eh oui, la majorité ici est à vingt-et-un ans et pour certains elle est à dix-huit. Il ne faut pas que tu oublies qu'ici c'est ton espace pour t'entraîner avec d'autres élèves. C'est ce qui remplace l'EPS.

L'éducatrice ouvrit le placard et montra à Marine un emplacement à cet effet. Il faut dire que celui-ci était rempli de petites boîtes. La jeune fille se figea devant sans rien dire. Agathe la regarda, et elle ajouta :

– Allez Marine, il faut se bouger, on a peu de temps pour faire le ménage.

Et allez hop, toutes trois se mirent au travail sans perdre une minute. Un coup de balai par-ci par-là, ainsi que la poussière qui en avait bien besoin et le tour était joué. Les adolescentes auraient bien voulu avoir une baguette magique pour aller plus vite au lieu de savoir se téléporter, ça leur aurait été sûrement plus utile, se disaient-elles. Quand tout fut terminé, elles sortirent et traversèrent la végétation pour gagner l'arrière de la cabane. Les filles commencèrent les exercices de RETROPELET. Agathe expliqua à Marine la procédure avec les gestes souples qui convenaient, ainsi que la concentration sur le lieu qu'elle aurait choisi et qu'elle devrait connaître impérativement.

– Allez, viens Marine ! Regarde-moi bien et tu le feras toute seule. Tu dois te concentrer en mettant tes bras le long du corps et faire le vide autour de toi en ne pensant qu'à une chose, là où tu veux aller. Mais attention, ne pars pas trop loin, tu pourrais avoir des problèmes pour revenir. C'est pour cette raison que nous sommes ici aujourd'hui, pour que tu t'entraînes aussi souvent que tu le pourras, sans être vue de personnes indiscrètes. L'endroit auquel tu dois penser pour l'instant sera l'arbre le plus proche. Tiens, celui-ci par exemple! lui dit-elle en le montrant du doigt. Il doit être à cinquante mètres de nous environ, et il n'en faut pas plus pour un début de RETROPELET.

Marine prit une grande respiration, se concentra sur l'arbre et se téléporta avec succès, juste à côté de l'objectif qu'elle s'était donné.

– Bravo Marine ! lui dit Lisa en l'applaudissant.

– Ben ça, alors ! La jeune fille n'en revenait pas.

– C'est bien, Marine, reviens, cria Agathe. Mais il faut que tu t'entraînes ce week-end avec Lisa. Vous allez d'un arbre à un autre, ou dans la cabane, mais pas ailleurs, il est bien trop tôt pour partir plus loin, ça serait risqué. Bon, je dois y aller, on m'attend au Centre, mais ne vous inquiétez pas, Christelle sera de retour dans l'après-midi.

– Wouha, génial ! rétorqua Lisa. On va se retrouver toutes les deux, nous nous préparerons à manger sans personne pour nous déranger. Comme si on était dans un appart bien à nous.

– Oui, mais pas de bêtise ! lui répondit Agathe.

– Non, non, ne t'inquiète pas... A plus tard.

L'éducatrice tourna les talons en bougonnant. Agathe connaissait bien les petites fugues de Lisa, qui prenait plaisir à voyager je ne sais trop où. D'un coup sec, elle se téléporta, direction le foyer.

– Qu'est-ce que nous allons faire ici ? demanda Marine. Il n'y a rien à voir !

– T'inquiète, il y a un moment dans la vie où l'on doit affronter son destin. Le tien est venu. Maintenant que tu sais comment on fait pour se téléporter, on va pouvoir aller où on veut.

Surtout que tu ne te débrouilles pas trop mal, lui fit remarquer Lisa en la taquinant. Mais j'avais entendu parler de toi et je savais que tu étais douée mieux que personne dans le centre.

– Je ne sais pas comment tu pouvais le savoir, moi-même je n'en savais rien.

– C'est vrai, tu ne savais rien, ce qui est normal, mais nous on le savait. C'est ta naïveté et ton intérêt à la lecture et à l'écriture qui ont fait que tu ne t'es aperçue de rien. Mais m'en demande pas plus, c'est tout ce que je sais.

– Tu sais bien des choses sur moi. Qu'est-ce qui me dit que c'est vrai ce que tu me racontes. Et pourquoi ne faut-il pas prononcer le mot téléporter ? Tout ça me paraît tordu. On se croirait dans un monde féerique.

– Peut-être pour toi, mais pas pour moi. Et puis, un jour, tu y verras plus clair. Mais en attendant, viens avec moi, je vais te montrer comment se servir d'un bipper.

– Tu ne m'as toujours pas dit pourquoi il ne fallait pas prononcer ce mot... Téléporter ?

– Pour ne pas prendre l'habitude de le dire devant des gens qui viennent de l'extérieur. Il faut que notre pouvoir soit caché du monde. Sinon, tu peux, à condition que tu le dises en verlan. On doit savoir comment se comporter devant des gens qui ne sont pas comme nous. Mais tu sais, nous sommes tous pareils chez les *Rossignols.*

***

Après leur discussion sur les règles du RETROPELET, les adolescentes retournèrent dans la bicoque d'un pas tranquille. Marine n'arrêtait pas de bougonner quand soudain Lisa se tourna face à elle.

– Chut ! lui dit-elle, un peu agacée.

– Quoi ?

– Tais-toi, j'ai entendu un bruit.

– Faire face à son destin n'est pas aussi génial que ça.

– Tais-toi ! insista Lisa.

– Mais pourquoi faut-il que je me taise, je croyais qu'il n'y avait personne.

Lisa avait toujours eu peur des bruits suspects et encore plus dans les bois, ce qui la rendait nerveuse avec les questions sans répit de son amie.

– Je n'arrive pas à me concentrer, lui dit-elle. J'aimerais que l'on aille faire un tour ailleurs. On ne va pas rester ici toute la matinée en attendant Christelle !

– OK ! Mais je croyais que nous ne devions pas bouger et attendre. On peut aller là où on veut, alors ? Comme sur les photos qui se trouvent au mur du foyer ?

– Oui, où tu veux, mais pas aujourd'hui.

– C'est génial. Ah ? On ne peut pas aujourd'hui ? Bon, tant pis ! Avec l'école je n'ai jamais pu partir en voyage scolaire. Il y avait toujours un problème, mais demande-moi pas lequel, je n'en sais rien.

Marine avait tellement de questions sur ce qu'elle était en train de vivre qu'elle ne savait plus par quoi commencer. Tout lui paraissait hors du commun, et surtout sans aucun sens.

– Ecoute-moi bien pour ta première leçon. Pendant le transplanage, il faut faire tr... Lisa fut interrompue par son amie.

– Qu'est-ce que c'est que ça, transplanage ? Encore un truc nouveau ?

– Désolée, j'ai oublié de t'en parler. Transplanage veut dire la même chose que téléporter, ou retropelet.

– D'accord ! Next... lui répondit Marine très calmement.

Lisa resta perplexe par sa façon de dire *next* et continua la leçon en la regardant.

– Donc, je te disais. Il faut faire très attention à ne pas être désartibulée, c'est-à-dire laisser la moitié de son corps derrière soi et ne plus pouvoir bouger, être coincé. Pour ne pas se tromper et ne pas faire n'importe quoi, regarde-moi et écoute moi-bien...

Lisa fit des gestes de souplesse et se concentra sur le lieu où aller, qui était juste derrière son amie.

– Si tu as compris, refais la même chose que moi.

Marine s'exécuta sur le champ. Son premier essai était sensationnel. Elle se téléporta à l'extérieur de la maison, et là, Lisa entendit un bruit et pivota sur le côté. Ben ça alors, où était-elle passée ? Au bout de quelques secondes, la jeune fille se mit à crier.

– Marine ! Marine...Où es tu ? Pas de réponse. L'adolescente s'inquiéta de la disparition soudaine de son amie.

Celle-ci sortit de la cabane et cria de plus belle. Marine ! Marine ! Mais sans résultat. Tout à coup, elle entendit hurler au secours. Lisa se tourna dans la direction des appels et pouffa de rire quand elle vit Marine perchée sur un arbre.

– Tiens, ça me rappelle quelque chose. *Maître corbeau sur un arbre perché tenait en son bec un fromage...* !

– Hé ! Arrête ton baratin et aide-moi plutôt à descendre de là ! répliqua Marine.

– Maître renard, par l'odeur alléché, lui tint à peu près ce langage : le respect, la politesse, et écouter quand on te parle. Avoir toujours son biper sur soi.

– Bon, OK ! S'il te plaît, pourrais-tu maintenant m'aider à redescendre de cet arbre ? Et je promets de ne plus me téléporter n'importe comment.

– C'est mieux.

L'adolescente fit un retropelet auprès de Marine pour la sortir de là. Arrivée en bas de l'arbre, Lisa ajouta, pour se moquer d'elle gentiment et en la saluant bien bas :

– *Vous êtes le phénix des hôtes de ces bois.*

– Allez, laisse tomber, lança Marine.

– *Cette leçon vaut bien...*

– Oui je sais, mais j' n'ai pas de fromage, ma chère renarde.

– Tant pis, allez viens, rentrons dans la bicoque pour voir ce que l'on peut faire. Où veux-tu aller ? Mais je te préviens, on ne va pas loin et j'aimerais bien rentrer pour manger.

– On pourrait aller voir mon ami Jordy, pour lui donner de mes nouvelles et je lui dirais où j'habite... Tu verras, il est très sympa.

– Je n'en doute pas, mais n'oublie pas qu'il faut être de retour avant que Christelle revienne.

Lisa regarda sa montre et dit à Marine :

– Allez, vite alors, il est déjà presque dix heures. Tu as l'adresse de ton copain ?

– Oui, je l'ai dans la tête.

– C'est le principal. Concentre-toi, fais le vide, et pense où nous allons. Tu as des questions ? demanda Lisa avant de partir.

– Une seule, répondit-elle. Pourrais-tu me pincer ? Je crois bien que je rêve !

Lisa lui rendit volontiers ce service et lui répondit :

– J'oubliais, il faut absolument que tu nous fasses atterrir dans un endroit discret pour ne pas être vues...ensuite, ce n'est pas grave, s'il le faut on marchera jusqu'à chez Jordy.

– Alors, laisse-moi réfléchir. Où serait-il possible d'arriver sans se faire remarquer ? se demanda Marine.

La jeune fille avait trouvé. C'était un endroit pas très loin de chez son ami. Et toutes deux étaient prêtes pour leur premier RETROPELET ensemble. (Oups) Les adolescentes se retrouvèrent sur un chemin de pierres, près de la maison de Jordy. Marine se demandait ce qu'elle allait bien pouvoir lui dire de son retour soudain... Pourquoi avait-elle le sentiment qu'elle lui devait la vérité sur son pouvoir ? Eh bien, sans doute parce qu'il était le seul garçon à s'inquiéter le plus à son sujet.

– C'est pas mal par ici. Il habite où exactement ? ajouta Lisa.

– Au bout du chemin à droite, on verra une grande maison aux volets blancs qui se trouve en haut de la rue.

***

Arrivée près du pavillon, Lisa prit la main de Marine et la tira en avant pour la faire passer la première. Celle-ci sonna à l'extérieur du sas. Au bout de dix secondes, quelqu'un vint leur ouvrir. On pouvait entendre des pas de l'intérieur qui s'approchaient précipitamment de la porte d'entrée. C'était Jordy.

– Ben ça alors, j'croyais que j' te reverrais plus. En tout cas j'suis content de ta visite. Viens, rentre ! C'est ton amie ?

– Oui, Je te présente Lisa. Lisa je te présente Jordy.

Sur ces entrefaites, la mère du garçon arriva, comme d'habitude le sourire aux lèvres, et dit à son fils :

– Il y a du monde aujourd'hui... Ah, mais c'est Marine, et tu n'es pas venue toute seule.

– Bonjour Madame, je vous présente une amie que j'ai connue...

Marine bafouillait, ne sachant pas quoi dire de sa visite inattendue avec Lisa. La voyant intimidée, la mère de Jordy ne tint pas compte de l'hésitation de l'adolescente.

Le garçon remarqua sa gêne et proposa :

– Si on montait dans ma chambre ?

– Mais bien sûr, mon fils, c'est une très bonne idée au lieu de rester devant la porte. Et moi, pendant ce temps-là, je vais aller préparer un gâteau au chocolat comme tu les aimes Marine.

Et puis vous mangerez avec nous à midi.

Marine aurait bien voulu rester pour déguster ce délicieux repas qui sentait si bon. Mais la jeune fille savait très bien qu'elle devait rentrer avant que l'éducatrice arrive à la cabane...

– Nous sommes désolées, mais nous devons rentrer pour midi, dit Marine.

La maman de Jordy ne savait pas que la jeune fille ne vivait plus chez sa nourrice. Alors, elle lui dit :

– Oui bien sûr, je comprends, Marine. Ce sera pour une autre fois.

Elle savait que Marine n'était pas heureuse chez Madame Gratter, et c'est pour cette raison qu'elle ne voulut pas insister davantage, de peur que la jeune fille ne se fasse réprimander. Puis les jeunes gens montèrent à l'étage où se trouvait la chambre du garçon. Les escaliers étaient en bois. Comme tout le reste de la maison d'ailleurs, ce qui rendait celle-ci très chaleureuse. Marine, Lisa et Jordy passèrent une excellente matinée à rigoler et parler des bons moments passés ensemble après l'école. Et le plus amusant, c'est quand l'adolescent leur parla de la maison de son grand-père. Une grande villa bourgeoise, une bâtisse du XVIIIème, où ses grands-parents vivaient. Ils étaient agriculteurs et possédaient une centaine de vaches, des moutons, des brebis, des poules, et quatre chiens. On pouvait dire que c'était un métier difficile. Le jeune garçon aimait bien y passer les vacances d'été, mais pas celles de la Toussaint, car il était tout seul, sans amis de son âge pour s'éclater. C'était un endroit triste et sans vie, on se serait cru dans un film d'épouvante, comme si on s'attendait à voir apparaître des monstres vivants. Après avoir raconté son histoire, il finit par leur dire que la maison avait été vendue il y a un mois, et qu'il aurait bien aimé la leur faire visiter, surtout un jour d'Halloween, pour passer une soirée de frayeurs et de sorcellerie. Les deux filles se regardaient dans les yeux et Marine se demandait si elle devait parler de son pouvoir à son ami. Lisa réalisa qu'elle allait tout lui dire. Alors, sans perdre une seconde, elle prit son bras en la tirant du lit où la jeune fille était assise et l'invita à partir rapidement.

– Il faut y aller, Marine ! Nous allons être en retard, s'excusa Lisa auprès de Jordy.

Mais la jeune fille était en train de raconter à celui-ci pourquoi elle ne lui avait pas donné de nouvelles jusqu'à maintenant, ce qui agaça son amie. Elle répéta une nouvelle fois, dans la crainte que Marine ne tienne pas sa langue :

– Si tu continues à prendre ton temps, nous allons être vraiment en retard ! Et même pire encore !

Marine comprit ce que voulait dire Lisa et sortit de la chambre en quatrième vitesse.

– Je suis désolée Jordy, mais nous devons filer.

– Mais tu ne m'as pas tout dit ! Je ne sais même pas où tu habites, rétorqua Jordy.

Marine, peinée de cette séparation avec son ami, lui cria de loin, tout en activant son pas:

– Je dois y aller, mais ne t'inquiète pas, j'te raconterai tout plus tard.

Les filles se mirent à courir le plus vite possible pour arriver sur les lieux où elles avaient atterri, ce chemin plein de petits cailloux que Marine avait l'habitude de prendre pour revenir de l'école.

– Nous y sommes ! dit-elle.

***

Avant de se téléporter, Marine ne pouvait pas s'empêcher de repenser à ce que lui avait raconté Jordy à propos de la maison de son grand-père, une demeure du XVIIIème siècle. Et, sur ces pensées, les deux filles se retrouvèrent comme par hasard dans un pavillon de la même époque que celui-ci.

– Mais que faisons-nous ici au lieu d'être dans les bois où Christelle est sûrement en train de nous attendre à l'heure qu'il est ? demanda Lisa, très agacée.

Apparemment, elle n'était pas très contente du RETROPELET de Marine. La jeune fille avait bel et bien fait une erreur sur l'endroit. Le lieu ressemblait à une cuisine. Une très grande cuisine. Une table en bois, où une quinzaine de personnes pouvaient s'installer sans être trop serrées. Ainsi qu'un vieux fourneau tout rouillé qui n'avait sûrement pas servi depuis fort longtemps.

– Il faut partir d'ici ! chuchota Lisa, apeurée par cet endroit vide et sinistre qui lui rappelait l'histoire du grand-père de Jordy.

Marine, qui se prenait pour un chevalier sans peur et sans reproche, proposa à son amie de faire le tour du propriétaire avant de rentrer à la cabane. Et avant même qu'elle lui réponde, la jeune fille avait traversé un couloir qui donnait dans une salle à manger. Elle regarda tout autour d'elle et constata que la maison était vide. Pas âme qui vive ! C'est alors qu'à sa grande surprise elle découvrit un immense coffre qui devait être aussi grand qu'elle et trois fois plus large. Sur ces entrefaites, elle cria :

– Lisa ! Viens vite voir !

Son amie vint la rejoindre d'un pas affolé.

– Que se passe-t-il ?

– Regarde ! dit-elle en lui désignant le coffre.

– C'est pour ça que tu cries ? Tu sais que l'on pourrait se faire prendre par la police ou les propriétaires de la maison ? Et pourtant je t'ai déjà dit qu'il fallait toujours être discrète. Dans n'importe quelle situation !

– Mais tu vois bien qu'il n'y a personne.

– Ça, c'est ce que tu crois... Quoi qu'il en soit, il faut partir d'ici avant d'avoir des problèmes.

– Hé ! s'écria Marine. Regarde ça !

Son amie se retourna pour lui adresser un regard froid. Ne lui avait-elle pas intimé de se taire ? Mais Marine insista en montrant du doigt une trappe sous une vieille table toute délabrée, comme tout le reste d'ailleurs. Lisa s'approcha en soupirant et dit à voix basse :

– Curieux... Qu'est-ce que c'est ?

– On dirait un passage pour descendre dans une cave.

– Allez partons... J'le sens mal! l'avertit Lisa.

Marine ne voyait pas les choses de la même façon et insista pour ouvrir la fosse. C'était une excellente comédienne, et elle tenta le tout pour le tout afin de persuader son amie qui n'était pas très ravie de se retrouver ici.

– Allez, Lisa, dit-elle en la regardant d'un air malin.

Lisa fit plaisir à Marine et s'approcha d'un pas vif.

– Oui, c'est vrai, ça me parait zarbi, ajouta t-elle.

– Et si on essayait de l'ouvrir ?

– Tu as raison ! Allez viens, Marine, on s'en va ! insista-t-elle.

Marine fronça les sourcils, n'écouta pas son amie et resta quelques secondes silencieuse. Les adolescentes se regardèrent avec un léger sourire et, malgré le mécontentement de Lisa, elles s'approchèrent de cette plaque qui était intégrée sur le parquet et qui les intriguait. A proximité se trouvait un pied-de-biche. Marine le prit puis l'enfonça dans les fentes et s'appuya très fort dessus pour soulever cette grande trappe carrée en bois, presque aussi lourde qu'elle. La jeune fille avait beaucoup de mal à la déplacer. Alors, Lisa se pencha pour aider son amie à faire plus de poids et elles arrivèrent à faire glisser une ouverture où elles se faufilèrent prudemment par un escalier métallique. Elles accédèrent à une cave, pas comme celles que l'on avait l'habitude de voir dans les maisons, avec des bouteilles de vin, non, celle-ci ressemblait à une habitation, apparemment très bien aménagée, propre, moderne, avec beaucoup d'accès de pièces ou de sorties. De là où elles se trouvaient, elles n'arrivaient pas très bien à distinguer les objets. Les adolescentes étaient impressionnées par cet endroit aussi rare ou, dirais-je, jamais vu. Lisa et Marine avaient la peur au ventre, mais toutes deux avancèrent sans dire un mot (ce qui était inhabituel chez Marine), et, tout à coup, la voix d'une femme les interpella. Les jeunes filles firent un bond en poussant un cri de peur. Devant elles se dressait une personne d'une quarantaine d'années, plutôt jolie.

– Ne vous inquiétez pas, je ne vous veux aucun mal.

Marine, affolée, s'excusa d'être entrée sans y avoir été invitée.

– Ne t'inquiète pas, Marine, je t'attendais.

Marine eut un air étonné, pivota à droite de son amie et lui dit :

– Ben, ça alors !

Elle regarda de nouveau cette personne inconnue et rétorqua :

– Je doute que vous me connaissiez, c'est la première fois que je viens ici. Et de plus, nous ne savons pas où nous sommes. Mais au fait, comment savez-vous mon nom ?

La dame regardait Marine, ou plutôt la contemplait avec nostalgie. C'est à ce moment-là...

– Je suis ta mère, lui dit-elle.

– Vous racontez n'importe quoi, je viens de vous dire que nous sommes là par hasard, alors je ne peux pas être votre fille.

L'adolescente ne comprenait rien à tout ça. D'abord, elle avait appris qu'elle pouvait se téléporter, ensuite qu'elle avait une mère qui venait de je ne sais trop où. Tout ça était une histoire de fous pour la jeune fille. Pendant ce temps,

Lisa écoutait et savait que Marine n'était pas comme les autres, qu'elle avait quelque chose de plus que toutes celles du foyer et elle-même. Mais quoi ? Aucune des éducatrices du *Centre des Rossignols* ne lui en avait touché mot.

– Je savais qu'un jour je te reverrais, et ce jour est enfin arrivé. Avant ta naissance, on m'a obligée à t'abandonner pour que tu reçoives une éducation conventionnelle. Avec moi, tu te serais servie de tes pouvoirs, et notre loi ne l'autorise pas.

Marine rétorqua :

– Mais quelle loi, et quels pouvoirs? A part à la télé, où l'on passe des films de sorcellerie. On n'est pas sur un tournage ? Rassurez- moi ! fit Marine très ironique.

– Je ne plaisante pas, Marine.

– Moi non plus ! ajouta-t-elle.

– Je sais que cela doit te paraître dingue, mais c'est une évidence. Tu n'es pas comme tout le monde. Ton amie qui est là peut te le confirmer.

Lisa ne savait pas quoi répondre.

– Heu... oui, mais je n'en sais pas plus que Marine, à part qu'elle peut se téléporter, comme moi d'ailleurs.

Sa mère lui expliqua qu'après les grandes vacances elle rentrerait dans une école spécialisée de cours d'écriture avec son amie.

– C'est en écrivant dans ce lycée que tu trouveras le pourquoi du comment de tout cela, ajouta-t-elle.

La jeune fille fut estomaquée. Elle regarda Lisa, sans plus attendre et lui posa la question :

– C'est vrai Lisa, on va aller dans un lycée zarbi ?

L'adolescente attendit un moment avant de répondre, faisant comme si elle n'avait pas compris la question. Enfin, elle se décida :

– Oui Marine, mais je n'étais pas sûre que tu rentrerais dans cette école avec moi. C'est pour ça que je ne t'en ai pas parlé. Crois-moi, je n'en savais rien...

La femme les interpella.

– Il faut que je vous dise, les filles, que notre conversation va s'arrêter là pour aujourd'hui. On doit vous chercher partout aux *Rossignols*.

Lisa parut affolée.

– Hé ! Mais au fait, ce n'est pas au Centre qu'on nous cherche mais dans les bois où nous sommes censées faire nos exercices de RETROPELET.

Marine restait silencieuse. Elle se moquait bien de rentrer, car la seule chose qui l'avait préoccupée était cette rencontre soudaine avec celle qui l'avait abandonnée, apparemment sans motif plausible. Et si je restais plus longtemps, se disait-elle, je pourrais peut-être en savoir davantage sur son renoncement maternel. Sa mère lui proposa soudain de se revoir dans la semaine et de ne parler à personne de leur entrevue. C'est alors qu'elle promit de lui raconter pourquoi elle ne s'était pas occupée d'elle depuis toutes ces années. Mais avant ça, il fallait regagner les bois au plus vite. Dans un élan déterminé, prêtes à partir, les deux jeunes filles se téléportèrent en un clin d'œil. Arrivées à la cabane, Christelle les attendait de pied ferme.

– Qu'est-ce qui vous est passé par la tête ? dit-elle avec une colère froide. Cela fait une demi-heure que je vous attends.

– Nous nous sommes égarées en RETROPELET, répondit Lisa.

– Tout est de ma faute, rétorqua Marine, je me suis mal concentrée sur l'endroit où aller. Maintenant, j'ai compris qu'il ne fallait pas penser à plusieurs choses en même temps.

L'éducatrice restait là, à les regarder, soulagée de leur réapparition, mais en colère. Après les avoir écoutées, elle leur rappela qu'elles avaient un biper et qu'elle leur conseillait de s'en servir si ça devait se reproduire. Mais Christelle n'était pas dupe et se doutait bien qu'il y avait quelque chose de louche. Elle n'en dit pourtant rien, car le principal c'était leur retour.

– Ça devait être intéressant ce que vous avez vu, avec le temps que vous avez mis, on pourrait croire que vous avez loupé le bus.

Elle se moquait gentiment des adolescentes pour leur faire comprendre qu'il ne fallait pas la prendre pour un lapin de trois semaines (lol). Christelle s'était calmée.

– Bon ! N'en parlons plus ! Marine, montre-moi comment tu fais un RETROPELET. Par exemple dans la cabane.

L'adolescente fut gênée d'avoir désobéi et, pour se racheter de son écart de conduite, elle se concentra pleinement sur la bicoque. En un rien de temps, Marine disparut. Peu de temps après, Christelle et Lisa entendirent un bruit suspect. Elles se retournèrent. À l'intérieur, Marine tapait aux carreaux de la maison. Elle ouvrit la fenêtre et leur dit :

– Coucou, c'est moi !

Elle se dirigea vers la porte d'entrée et sortit tranquillement, très fière d'elle. Comme pour leur dire: vous avez vu ? J'ai réussi. L'éducatrice la félicita.

– Très bien, Marine, tu m'impressionnes. J'en connais qui auraient atterri sur l'arbre. Encore bravo.

Les adolescentes se regardèrent avec un léger sourire. Lisa n'en toucha pas mot, mais l'envie de pouffer de rire la démangeait, rien que de penser à ce matin quand son amie s'était retrouvée en haut du sapin.

Christelle les sortit soudain de leur complicité.

– Marine ! Maintenant tu dois savoir qu'au mois de septembre, pour la rentrée des classes, tu seras admise, ce qui n'était pas certain jusqu'à aujourd'hui que tu fasses tes preuves, et c'est pour cette raison que nous ne t'en avons pas encore parlé... Maintenant je te sens prête.

La jeune fille voulut plus d'explications.

– Qu'est-ce qu'on y fait dans cette école? demanda Marine.

– Comme dans ton ancienne école, à la différence de celle-ci, c'est que tu auras une matière en plus, qui sera la bibliothèque des *Rossignols* qui est appelée par les jeunes enfants : gum gum. Ne me demande pas pourquoi, je ne le sais pas. C'est le lycée qui se trouve dans le Centre. Vous avez tous le même don, mis à part toi Marine qui en as deux. Tu dois le découvrir par toi-même, car personne ne le connaît et ne pourra t'aider.

Marine regardait l'éducatrice avec un air à n'y rien comprendre. Celle-ci ajouta :

– Pour le RETROPELET, j'ai compris. Mais pour ce qui est du don que je devrais savoir et que je ne connais pas, je ne vois pas.

– La seule chose que je peux te dire, si cela peut t'aider, c'est que l'écriture t'ouvre des portes dans les voyages et dans la lecture. Ce qui veut dire que plus tu écriras, plus notre bibliothèque s'agrandira. Après, je ne sais pas s'il y a un rapport avec ce pouvoir inconnu que tu possèdes.

– Des bibliothèques on peut en trouver partout. Comme des librairies d'ailleurs.

– Oui, bien sûr ! Mais celle dont je te parle a une particularité : ce sont des romans fantastiques... Comme ceux que tu lis. Tu écris un livre en début d'année, tu le termines à la fin de ta scolarité, et comme dans beaucoup d'écoles, tu pars en expédition scolaire. Sauf que celle-ci est un voyage où tu entres dans le manuscrit que tu auras écrit. Mais à une condition, c'est que, bien, sûr il y ait au moins un pouvoir dans ton histoire.

– Je suis la seule à avoir ce genre de pouvoir invraisemblable ? questionna Marine qui avait du mal à croire à tous ces balivernes.

– Non ! Tout le monde est pareil dans le foyer, sauf que toi, comme je te le disais tout à l'heure, tu as un don que nous ne connaissons pas et toi non plus, tu ne le connais pas. Mais ne t'inquiète pas, tu le sauras le moment venu.

– D'accord...

Marine n'insista pas plus.

– Je pourrais visiter la bibliothèque ? demanda-t-elle.

***

Enthousiasmée par la requête de la jeune fille, l'éducatrice suggéra de s'y rendre immédiatement avant d'aller manger.

– Oh, mais bien sûr, même plus encore. Nous pouvons y aller tout de suite. Elle se trouve dans l'école et comme c'est les vacances, il n'y aura pas un chat pour venir nous déranger. Tu pourras faire connaissance avec tes futures classes, nous mangerons un peu plus tard. Après tout, nous ne sommes pas attendues.

Marine appréhendait de changer de lycée et ne comprenait toujours pas ce qui lui arrivait avec tous les dons qu'elle était censée posséder. Elle se laissa guider jusqu'à son nouveau bahut. (Oups)

– Wahou, ben ça alors ! C'est chouette ici !

***

Marine avait été téléportée dans un bâtiment qui révélait son âme. Des escaliers monumentaux, un grand auvent à l'entrée taillée dans la pierre et un plafond immense comme dans un centre commercial, avec un ascenseur central et des escalators. L'aspect du lycée vitré avec toutes ses décorations donnait envie d'aller plus loin dans son architecture.

– Tu connaissais, Lisa ? lui demanda Marine.

Lisa regarda son amie avec un sourire en coin et acquiesça.

– Woué, bien sûr, j'étais en cours ici cette année, mais j'te rassure, je n'étais pas la première de la classe. Oh, mais pas la dernière non plus !

– En quelle matière tu es la plus faible ? Je pourrais peut-être t'aider ?

– Les matières principales.

– Oh mais, il n'y a pas de soucis. C'est trop facile le Français et les maths ! Enfin j'veux dire, pour moi, ça va, j'n'ai pas de difficulté, ajouta Marine.

– Ah mais non, l'avertit Lisa. Ce n'est plus le même lycée qu'avant. Les matières principales sont l'écriture du fantastique et la lecture des *rossignols* enchanteurs. J'oubliais, et du sport, comme le RETROPELET. Tu dois pouvoir voler de tes propres ailes. Ce que je veux dire, c'est que tu dois être épanouie dans ta vie, comme dans tout ce que tu fais.

Christelle coupa court à la conversation et leur demanda de les suivre. Ce qu'elles firent sur le champ. Marine était fascinée par le style de l'établissement, et à force de contempler la structure sur ses hauteurs, la jeune fille en avait le torticoli. En rebaissant la tête, elle put apercevoir de hautes et grandes portes ouvertes. Elle distingua une classe qui lui fit penser à son lycée. À ce moment-là, l'éducatrice l'avertit.

– Voilà, nous sommes arrivées, Marine. C'est ici au sein de cette école, que tu vivras de nombreuses expériences fantastiques avec tous tes camarades que tu auras l'occasion de connaître à la rentrée.

Une gigantesque porte, avec un porche, était là devant l'adolescente troublée par ce qu'elle voyait. Elle regardait cet accès de haut en bas sans dire un mot. Bouche bée, impressionnée.

– Vous venez les filles ?! ajouta Christelle.

Marine s'avança doucement, pas à pas, dans la bibliothèque qui était une très grande salle, avec au milieu des tables et des chaises en bois. De prestigieuses fenêtres, comme les étagères qui se trouvaient tout autour de la pièce, avec des centaines de livres qui dataient au moins du XVIIIème siècle. Mais pas seulement. Une dizaine de rayonnages, près de la porte, abritaient des romans beaucoup plus récents qui devaient avoir été écrits par des lycéens. Un tapis bleu à motifs recouvrait entièrement le sol. Et, entre deux portes qui donnaient dans les classes, un immense tableau mettant en scène des enfants sur un arbre avec des rossignols qui chantaient pour eux, en les admirant, car on pouvait entendre le chant discret des oiseaux, qui donnait l'inspiration aux élèves dans l'écriture.

– Ce que j'aime bien dans cette école, remarqua Lisa, c'est que l'on peut voyager en

RETROPELET.

Christelle ajouta :

– Oui, mais pour ça, il faut écrire ton manuscrit, le lire, et tu vivras l'histoire que tu auras rédigée tout au long de l'année. Ne crois pas que c'est si facile que ça !

Marine, pour montrer qu'elle avait compris le règlement du lycée, répondit avec assurance.

– Mais à la condition que ça soit un roman fantastique, sinon ça ne fonctionne pas. Cela n'empêche pas que ça peut-être du policier, de l'amour, ou tout autre chose. Mais il faut impérativement un ou plusieurs pouvoirs magiques. C'est bien ça ? demanda-t-elle.

– Tu as bien retenu ta première leçon, Marine, lui répondit l'éducatrice. Sauf que le pouvoir magique principal doit-être le RETROPELET.

– Tu es déjà partie dans un autre pays ? demanda Marine à son amie.

– Non, mais j'espère y arriver un jour, et peut-être grâce à toi. Car l'avantage que tu as, c'est que tu as un don pour l'écriture. Ce qui veut dire que tu seras aussi une grande voyageuse avec tous les livres que tu publieras. Alors que moi, il me faut plus d'une année pour en terminer un seul.

– Avec de l'expérience, tu y arriveras, Lisa.

– Je l'espère bien. Mais tout le monde n'y arrive pas aussi facilement que toi. C'est pour cette raison que je dois travailler beaucoup plus. Tu sais qu'il existe, ici comme partout, le redoublement ?

– Non je ne le savais pas, mais je m'en doutais. Au fait, maintenant je comprends mieux pourquoi il y a autant de photos sur les murs du foyer. Si je veux me marier et avoir des enfants, il faudra bien que je sorte de ce foyer, comme toi d'ailleurs ? ajouta Marine en plaisantant.

– Bien sûr que oui ! intervint l'éducatrice qui suivait la conversation tout en continuant la visite. Mais profite d'abord de ta jeunesse et après tu songeras au mariage.

– Chaque livre que tu écriras, tu le vivras en RETROPELET ! continua Lisa. Et pour les élèves qui n'écrivent pas, ils lisent les histoires fantastiques des auteurs de la bibliothèque des *Rossignols*.

Marine se demandait si elle ne rêvait pas, car jusqu'à maintenant, elle n'avait vu et entendu que des choses étranges. L'éducatrice la sortit de son nuage, pour lui demander si elle avait bien compris tout ce qui s'était dit.

– OK, pas de problème, je pense avoir tout saisi, ou presque, répondit-elle. Mais j'aurais bien aimé savoir pourquoi les enfants sont sur l'arbre et les *rossignols* au pied de l'arbre. Je ne trouve pas ça très logique.

– Oui c'est vrai ! ajouta Lisa. Je comprends ta question, j'ai posé la même à mon arrivée.

Alors voilà, tous les jeunes qui vivent au centre sont les rois et reines des *Rossignols*. Et c'est pour cette raison que nous l'appelons le foyer des *Rossignols*. Nous sommes protégées par ces oiseaux.

– A vrai dire, ils sont vos anges gardiens. Ils veillent sur vous pour le bon déroulement de l'établissement, ajouta l'éducatrice.

– C'est quand même chelou. Là où j'étais, on avait un proviseur, ajouta Marine.

– Hé ben, rétorqua Lisa, tu vois ici, on n'a pas de directeur ou de proviseur, mais des enchanteurs. Je plaisante, Marine. Lol

– C'est un truc de ouf. Tout ça va me faire un grand changement, mais ça me plaît bien, convint Marine. Par contre, j'ai pas tout capté.

– Bon ! Mais t'inquiète, ça se fera avec le temps. En attendant que les cours reprennent, on va aller s'éclater, proposa Lisa.

– Sans trop exagérer les filles ! Et n'oubliez pas que le RETROPELET se fait uniquement dans l'enceinte du centre et pas ailleurs, avertit Christelle.

Ce que ne savait pas l'éducatrice, c'est que Marine, sous sa tête d'ange, était autant enragée pour faire des bêtises que Lisa, sinon plus. Et l'adolescente aurait bien voulu en savoir davantage sur sa mère biologique. C'est alors qu'elle attendit un moment, qui fut court, pour se retrouver seule avec son amie et lui proposer de retourner dans la maison du XVIIIème.

– Dis, Lisa, maintenant que Christelle est partie, tu voudrais bien que l'on retourne dans la vieille maison de ce matin ? J'aimerais bien que ma mère biologique m'en dise un peu plus pour savoir qui je suis.

– OK, mais plus tard, d'abord on doit aller manger, mais promis, après la vaisselle.

– Au fait, on ne devait pas aller faire la cuisine dans les bois ?

– Si ! Mais comme on a changé de programme, le repas se fera au foyer. Pourquoi ? Ça t'embête ? Non, parce que je te rassure, on aura d'autres occasions d'y aller.

– Ça ne m'embête pas. Je posais juste la question.

– T'inquiète, on ira la semaine prochaine, et puis on a quand même deux mois de vacances.

***

Après un court et un bon déjeuner bien mérité, les deux ados se réfugièrent dans la salle de télé pour se reposer avant d'aller affronter cette femme qui était soi-disant la mère de Marine. Arrivées dare-dare dans la pièce, sept autres jeunes filles se trouvaient là à papoter, sans même faire attention à elles.

– Houla, y a du monde au balcon, ajouta Lisa, toute gaie. On ne va pas vous déranger, allez viens Marine, nous allons dans notre chambre.

Une fille du groupe les regardait. Comme elles étaient prêtes à faire demi-tour, elle les interpella et leur demanda de rester là, qu'elles ne les dérangeraient pas du tout. Mais Lisa savait très bien que son amie voulait se retrouver seule avec elle pour parler de sa mère.

– Je te remercie Manon, mais de toute façon nous voulions aller prendre l'air, ajouta Lisa en lui racontant un petit bobard pour ne pas la vexer.

– Tant pis, lui répondit-elle.

La jeune fille tourna les talons pour aller rejoindre ses amies. Les deux adolescentes firent de même en prenant la direction du couloir.

– Allez, viens Lisa, nous retournons dans la maison pour voir si elle y est encore, suggéra Marine qui était pressée de connaître son histoire.

Lisa se demandait si c'était bien raisonnable de se téléporter à nouveau aujourd'hui, de peur de se perdre et d'être obligées de biper l'éducatrice au risque de se faire réprimander. Elle savait qu'elles n'avaient pas le droit de sortir du centre sans être accompagnées. C'est alors qu'elle rétorqua à Marine :

– T'inquiète, tu la reverras la semaine prochaine. Et puis, tu as attendu quinze ans, tu patienteras bien huit jours de plus. On ne va pas encore se taper l'incruste aujourd'hui, insista Lisa.

– Non, non, tout de suite ! supplia Marine. Sinon je n'en dormirai pas de la nuit !

– Té relou quand même. Bon allez, on y va ! Mais on ne reste pas, visu ?

– Super, t'es géniale. On ne fera qu'un aller-retour. Promis !

Sans perdre de temps, les deux adolescentes se précipitèrent dans le parc pour se RÉTROPLET, ce qui ne fut pas chose facile de se concentrer une nouvelle fois dans un endroit pareil. Et pourtant, en unissant leurs efforts, elles parvinrent à se déplacer jusque là-bas sans trop de peine. Elles n'avaient pas réussi à se téléporter dans la cave mais dans la cuisine, comme la fois d'avant. Les jeunes filles descendirent dans la fosse et se mirent à appeler.

– Il y a quelqu'un ? Je suis Marine et je voudrais vous parler ! Où êtes-vous ? cria-t-elle. Mais pas de réponse.

Après une heure de recherches et d'attente dans la cave, Lisa proposa à son amie de partir d'ici au plus vite, de peur de se faire surprendre par les propriétaires de la maison. Ce qu'elles firent sur-le-champ.

– Il se fait tard, nous reviendrons demain ou

un autre jour.

Marine n'eut plus de nouvelle de sa mère et elle profita des vacances pour connaître un peu mieux son amie des *Rossignols.*

Chapitre 3

Le lycée

Deux mois plus tard, Marine avait beaucoup de mal à s'endormir en pensant à sa nouvelle école qui commençait au matin. Le lendemain, c'était le jour J. Les adolescentes étaient prêtes pour leur nouvelle rentrée scolaire qui s'avérait très particulière et surtout pour l'amie de Lisa, car pour elle c'était une première. Après une longue préparation dans la salle de bain et un bon petit déjeuner, les deux jeunes filles prirent le chemin des écoliers, qui, ma foi, était plus court que celui qu'empruntait Marine quand elle faisait le trajet avec Jordy. Deux minutes après, le temps qu'il fallait pour arriver sur une très grande passerelle donnant dans la cour du lycée, Marine sentit ses genoux fléchir en découvrant autant de lycéens qui se téléportaient par ci par là. Tous étaient en train de discuter entre eux de leurs vacances d'été. Un peu plus loin sous un préau, des filles assises sur un banc regardaient des garçons en train de se bagarrer. Un homme d'une trentaine d'années, grand, baraqué au point que l'on avait envie de changer de trottoir de peur de se prendre une claque de cowboy, tenta de les séparer. Un autre mec, tout aussi musclé, vint lui donner un coup de main. Et, pendant ce temps, les filles profitèrent de la situation pour rentrer dans l'établissement, alors qu'il était interdit d'y pénétrer tant que l'appel des élèves n'avait pas été fait. Mais, comme toujours, Marine était curieuse et têtue. Elle n'écouta pas Lisa qui insista auprès d'elle. Elle continua de marcher près de l'entrée et s'arrêta net. Pour elle, tout était magique. Les murs étaient de verre, les sols rouge et orange se reflétaient sur ses vêtements. Elle s'avança vers des hommes qui étaient en train de régler la sono sur l'estrade, comme si celle-ci était envoûtée. La jeune fille échangea quelques mots avec eux pendant que Lisa suivait son amie avec méfiance, au risque de se faire prendre avec un mois de renvoi sans pouvoir écrire, et peut-être plus, pour avoir désobéi au règlement. À ce moment-là, elle entendit parler derrière une porte légèrement entrouverte. C'était deux personnes, apparemment, un homme et une femme qui échangeaient des propos pas très professionnels sur le foyer de l'autre côté du mur, ainsi que sur une certaine plume. Et plutôt sur un ton agressif. Et là...

– La cloche a sonné ! cria Lisa, affolée de ne pas être dans la cour avec les autres. Vite, Marine. Désolés, messieurs, mais nous devons partir, ça sera pour une autre fois, leur dit-elle.

Lisa tira son amie par la main en courant vers la sortie. Soudain, une voix sèche les interpella. Les filles s'arrêtèrent net en se retournant doucement avec la peur au ventre. Une femme, plutôt froide au premier abord et, à sa gauche, un garçon mince aux traits fins qui ne semblait pas manquer d'assurance. Celui-ci les avertit.

– Vous n'avez rien à faire ici ! Allez oust ! Vous allez me faire le plaisir de plier bagage et de déguerpir au plus vite ! dit-il, comme s'il avait affaire à des voleurs.

Malgré la trouille qu'avaient eue les adolescentes, Marine expliqua qu'elles étaient rentrées par curiosité à cause du bruit et non pas pour voler quoi que ce soit.

– Désolée ! C'était une erreur, nous n'aurions jamais dû venir ici.

– En effet ! rétorqua le jeune homme avec fermeté. Ça ira pour cette fois, maintenant, retournez dans la cour !

Et, sans ajouter un mot, Marine et Lisa allèrent rejoindre les élèves.

– Ils sont ouf dans ce bahut ! On n'a rien fait de mal. Mais au fait, tu le connais, celui-là ? s'enquit Marine à voix basse.

– Non, c'est la première fois que je le vois, mais elle, par contre, elle était là l'année dernière. C'est une secrétaire, ce que je ne comprends pas, c'est ce qu'elle faisait dans les couloirs au lieu d'être à l'étage dans les bureaux à cette heure-ci. Je suis presque sûre que ce sont eux que j'ai entendus se disputer pendant que tu étais en train de parler avec les autres, lui dit-elle. Mais c'est quand même zarbi, elle qui était si douce. Je suis très étonnée. Enfin bref, ce n'est pas grave.

– Oui mais ça, c'était avant. Les gens changent, ajouta Marine d'un air amusé.

Lisa ne se soucia plus de ce qu'elle avait entendu et profita de la journée ensoleillée pour discuter de ce qu'elles allaient faire à l'école. Arrivées dans la cour, les deux jeunes filles se précipitèrent sur un banc; elles étaient dévisagées par une bande de garçons qui se posaient des questions sur Marine. L'un d'eux s'approcha. Les adolescentes ne se laissèrent pas impressionner par ce jeune homme qui arrivait droit sur elles. Mais il bifurqua sur le côté pour aller rejoindre d'autres amis qui se trouvaient sur le terrain de football, derrière elles.

***

– Ben ça alors ! Qui l'aurait cru ? s'enquit Lisa en regardant son amie. Il est chelou celui-là !

Sur ces mots, une voix les fit sursauter. Elles tournèrent la tête. Alors, le garçon se présenta.

– Coucou, c'est moi ! J'me présente, Sacha, et vous les filles, c'est comment ?

Elles ne répondirent pas et firent comme s'il n'était pas là. Il insista.

– Vous êtes fâchées ? J'suis désolé, j'ne voulais pas vous faire peur, c'est ma façon d'me présenter.

A ce moment-là, la cloche retentit une seconde fois, et tout le monde se précipita au milieu de la cour. Un homme grand, mince et barbu se mit soudain à parler dans un micro.

– Toute l'équipe des enseignants, du secrétariat, du self, de la bibliothèque et moi-même, nous vous souhaitons la bienvenue, à tous les nouveaux *Rossignols*, ainsi que les anciens, bien sûr. Et une très bonne année scolaire. Maintenant, écoutez bien votre nom, votre classe, et prenez la file d'attente de votre professeur.

Marine et Lisa se regardèrent droit dans les yeux, croisant les doigts et espérant être dans la même classe. Le garçon de tout à l'heure était en train de les observer depuis un bon moment et comprenait très bien ce que voulaient les filles. C'est alors qu'il s'approcha doucement d'elles et d'une façon très cool, il leur dit :

– Je serai peut-être avec vous.

Les filles se retournèrent vers lui, et Lisa l'avertit immédiatement.

– Genre! Il me saoule !

Le jeune homme rétorqua :

– Bon ça va, j'ai compris ! Je voulais seulement faire connaissance et être sympa, c'est tout ! Mais si vous le prenez comme ça, je m'en vais.

Et le voilà parti très en colère rejoindre ses amis. Pendant ce temps-là, les adolescentes avaient beaucoup de remords de lui avoir parlé de cette façon. Surtout Marine, surprise de la réaction de son amie. Elle s'adressa à Lisa.

– Après tout, il est peut-être sympa. Il est juste un peu maladroit pour communiquer. Qu'en penses-tu, Lisa ?

– Tu as sans doute raison, mais dans tous les cas, s'il est en classe avec nous, on le retrouvera facilement, et on s'excusera à ce moment-là. S'il le faut, ajouta-t-elle, sans être très convaincue.

Lisa était très dure avec les garçons et ne regrettait que très rarement son comportement envers eux.

***

C'est après une bonne demi-heure d'attente qu'elles se retrouvèrent enfin dans la même classe, et comme le hasard fait bien les choses, l'adolescent était là aussi, en train de discuter avec d'autres copains. En le voyant, les filles furent très mal à l'aise, elles savaient qu'elles ne pouvaient plus fuir. Mais, quoi qu'il en soit, ça n'aurait fait que repousser l'inévitable. Marine voulait lui parler pour s'excuser et s'efforça d'afficher son plus beau sourire. Sans vraiment de résultat de la part du garçon qui l'ignorait. Laissant Lisa papoter avec d'autres, elle s'approcha de la fenêtre pour l'obliger à la regarder. Elle se força de nouveau à sourire. Le jeune homme, qui comprenait son manège, lui lança un sourire froid et lui tourna le dos. Marine resta figée puis pivota sur ses talons pour de nouveau se trouver face à celui qu'elle avait contrarié. Elle lui dit :

– Allez, fais pas la gueule, je m'excuse d'avoir été désagréable. Et puis, après tout, ce n'est pas de ma faute, on m'a toujours dit qu'il ne fallait pas parler aux étrangers.

Le garçon se retourna sur le côté, face à Marine en la regardant dans les yeux. Il lui lança un léger sourire et rétorqua :

– C'est vrai, tu as raison, et j'accepte tes excuses.... Et ta copine, elle est où ?

– Là-bas, fit-elle avec un signe de la tête pour la montrer. Elle discute avec des anciens élèves de l'année dernière. Et toi, tu es nouveau ?

– Oui, et je suis un *Rossignol* comme toi. Ce que j'aime dans cette école, c'est que l'on peut gagner un long voyage de deux mois. Là où j'étais, le voyage de fin d'année durait une semaine à peine.

– Oui, c'est vrai que c'est bien ! Mais n'oublie pas que c'est après avoir terminé d'écrire ton livre que tu pourras rentrer dans ton histoire.

– C'est ce que j'avais compris avant d'arriver ici.

– Tu as bien de la chance. Moi, on ne m'a pas dit grand-chose, il a fallu que je pose des questions pour avoir des réponses.

A ce moment-là, un sourire jusqu'aux oreilles, Lisa vint interrompre leur conversation.

– Alors ! Vous avez fait la paix à ce que je vois. J'voulais m'excuser Sacha. C'est bien comme ça que tu t'appelles ?

– Ouai ! T'inquiète, c'est déjà oublié. D'après ce que j'ai pu comprendre, tu étais là l'année dernière. Tu es alors partie en voyage scolaire?

– Hé non ! J'n'ai pas réussi à terminer mon roman à temps. Mais je compte bien sur toi Marine pour m'aider à l'achever. Enfin, si tu es d'accord ?

– Tu es douée pour l'écriture ? demanda-t-il à Marine.

– Je ne sais pas, j'n'ai encore jamais écrit de livre.

– Hé ! Moi, c'est Lisa !

Elle semblait fière de connaître le jeune homme et voulait montrer qu'elle était là. Il faut dire qu'il n'était pas trop mal dans son genre. C'est alors que toute la classe fut interrompue.

– Allez, tous assis à votre bureau ! gronda le professeur principal, d'une voix forte et ferme.

Tous les lycéens s'installèrent. Les trois jeunes gens prirent place l'un à côté de l'autre près de la fenêtre, avec vue sur la cour. L'enseignant commença par se présenter avant de leur distribuer des livres de différents cours et de leur donner le programme de l'année, sans oublier certaines fournitures scolaires pour chaque matière, mais surtout de leur expliquer qu'ils avaient une option supplémentaire et particulière.

– N'oubliez pas que vous êtes des *Rossignols* qui se téléportent pour rentrer dans l'histoire qui vous aura inspirée et qui vous permettra de voyager à la fin de votre littérature. Et pour certains, si vous êtes assez doués pour en écrire une deuxième, vous pourrez passer de bonnes fêtes de Noël pendant quinze jours dans votre nouveau roman. Mais je suis là aussi pour vous apprendre comment écrire un livre fantastique.

Je me moque de l'histoire que vous aurez inventée. Tout ce que je veux, c'est un bouquin rédigé à vitesse grand v et viable. Sans oublier que si vous êtes dans cette classe, c'est que vous avez une grande imagination et des compétences. Donc, à vous de faire vos preuves pour ne pas redoubler. Il vous faut aussi avoir terminé votre manuscrit pour la fin de l'année si vous voulez partir en voyage scolaire. Conclusion, je n'ai pas le temps d'écouter toutes vos balivernes qui ne riment à rien. Maintenant, tous à vos plumes !

***

Après une heure et demie de discours austère et d'une épreuve écrite sur le règlement, tous les élèves sortirent de classe avec le professeur Cafard pour aller rejoindre un petit immeuble qui servait autrefois à distribuer des vêtements pour tous les enfants de l'aide sociale à l'enfance. Celui-ci se trouvait à l'entrée du *Centre des Rossignols.* Devant un escalier, une porte donnait dans une pièce pas très grande, avec un comptoir et d'immenses étagères qui contenaient plein de grands cahiers, de stylos, de feutres, etc. On se serait cru dans une librairie. Mais le plus curieux fut quand Marine eut un stylo dans la main. Elle qui croyait qu'il était comme tous les autres, elle fut surprise de voir une plume qui devait lui servir à rédiger son roman.

– Qu'est-ce que c'est que ça ? demanda Marine à son amie, très étonnée, en lui montrant cette plume bizarre, comme une plume blanche et noire de rossignol.

– C'est une plume comme on avait au XVIIème siècle. Mais t'inquiète, celle-ci contient de l'encre, sans être obligé d'en ajouter ou de la tremper dans un encrier. Elle peut aussi effacer ce que tu as écrit en frottant légèrement sur ta feuille le mot ou les mots que tu voudras supprimer. Tu ne t'en serviras que dans le cours de la salle des *Rossignols*.

Marine la regarda de plus près et se demanda si elle allait encore avoir beaucoup de surprises comme celle-ci.

A ce moment-là le professeur interpella son groupe d'élèves pour leur dire que la plume qu'il venait de leur distribuer était un peu plus performante que les autres années.

– Silence ! cria Cafard très agacé du bruit... Je tiens à vous dire que la plume que vous avez dans les mains ne sert pas seulement à écrire, mais aussi à communiquer entre vous, d'une pièce à une autre. Vous devez seulement lui parler à voix basse pour un bon déroulement. Quant aux anciens des *Rossignols*, je vous demanderai de bien vouloir expliquer le fonctionnement de cet objet si particulier aux nouveaux arrivants.

C'est après une courte matinée que la sonnerie de l'école retentit pour aller rejoindre le self. Dans la cohue, les adolescents inséparables se précipitèrent à la bibliothèque avant d'aller manger au deuxième service. Car leur souhait le plus cher était de pouvoir finir leur livre à temps afin de partir en voyage. Pour Marine, le plus important était de modifier sa vie de famille depuis le début de sa naissance jusqu'à maintenant pour la refaire à son image. Pour cela, il lui fallait écrire un manuscrit fantastique à partir de cette maison du XVIIIème siècle où elle avait rencontré sa mère biologique. Et, de là, à imaginer une suite. Quant à Lisa, elle pensait à des voyages pour s'évader dans un monde où elle pourrait changer le mal en bien. (Pas chose facile pour la jeune fille). Quant à Sacha, il lui fallait à tout prix rentrer dans un roman qui lui avait bien plu il y avait quelques années , intitulé *le Rallye de l'Effraie*. Le garçon voulait connaître la peur des aventuriers. Mais, pour cela, il devait réécrire le livre en mode fantastique pour se faufiler dans l'histoire et rentrer dans la bibliothèque des *Rossignols*. Ce n'était pas gagné ! Marine fut surprise et curieuse de connaître cette littérature dont elle n'avait jamais entendu parler et voulut en savoir davantage.

– Quelle est cette histoire ? Je viens d'une école où il y avait une bibliothèque avec des romans de toutes sortes, mais je n'en ai jamais entendu parler. Marine était sceptique sur ce que racontait son nouvel ami. C'est alors qu'il révéla la mésaventure du Rallye de l'Effraie.

Sacha leur raconta l'histoire de ce roman, avec beaucoup de conviction, comme s'il en était l'auteur et l'acteur.

– Ce sont sept jeunes gens qui décident de faire un rallye et de louer un gite pour y passer le week-end. Mais tout ne se passe pas comme prévu. Des chouettes qui hululent, avec des yeux noirs effrayants, des voitures dans les fossés et des bottes de foin qui brûlent. J'oubliais, des portes qui s'ouvrent comme par enchantement et qui donnent accès à un laboratoire avec des personnes étranges.

– Hou là, fit Lisa. Je ne veux pas te saper le moral, mais on n'a pas le droit de reprendre un livre déjà écrit, et de plus, qui ne soit pas fantastique. Si tu te fais choper, tu ne pourras plus écrire de l'année, ce qui veut dire plus de voyages.

Marine n'était pas d'accord avec son amie et pensait qu'elle pouvait, bien au contraire, aider Sacha. Sans compter que cela pouvait être passionnant de refaire une histoire transformée en féerique.

– Et ben, tant pis, moi je t'aiderai à écrire ton livre et si on se fait prendre, on se téléportera par-ci par-là, ce qui remplacera notre voyage. Quant à moi, je referai ma vie plus tard. Après tout, j'ai le temps de la refaire, on est jeunes. Et puis, dis-moi, pourquoi on se ferait choper ? Il suffit d'être discrets.

– Après réflexion, tu as raison Marine, au diable le règlement du lycée. T'inquiète Sacha, on trouvera un moyen pour le lire ce bouquin, et le moyen de l'écrire. Et après ça ils ne pourront pas le refuser à la bibliothèque, et puis de toute façon en s'y prenant bien, ils n'y verront rien ! Au fait, y a un truc. Il faut l'écrire à la plume, sinon on ne s'en sortira pas. Alors, je propose que l'on en récupère une à la fin des cours. De toute façon, le prof n'ira pas fouiller dans nos trousses, il a sûrement autre chose à faire, débita Lisa sans trop savoir quelle était vraiment la solution.

Marine se demanda pour quel motif Lisa décidait de modifier son rêve aussi vite. Elle qui depuis l'année dernière essayait de réussir à finir son livre pour partir en voyage et faire le bien dans le monde. Alors, sans hésiter, elle lui posa la question :

– Dis-moi Lisa, pourquoi as-tu changé brusquement d'avis ? Surtout que tu m'as l'air bien décidée à contourner les règles.

– Parce qu'en aidant un copain, je fais le bien, et en même temps, je finis mon roman de l'année dernière et je pars en voyage. Ce n'est pas tout. On peut écrire chacun notre histoire et le livre de Sacha on le fait ensemble sans que personne ne s'en aperçoive. Qu'en pensez-vous ? dit-elle, très contente de son idée qu'elle trouvait ingénieuse.

– Tu es sûre de ce que tu dis ? demanda Marine.

– Non ! Mais on peut essayer. (Lol)

Devant les intentions de Lisa, Sacha ajouta d'un air contrarié:

– Ça me gêne ce que tu dis. Si on se fait pincer, on sera privés de voyage de fin d'année tous les trois. Tu le sais ?

– T'inquiète, rétorqua Lisa. Comme disait Marine, on partira en RETROPELET quelque part, même si on n'a pas le droit. On ira faire les magasins en ville, et comme on n'a pas pu les faire pendant les vacances... Mais au fait, j'y pense, il est où ce livre ? Parce que, si on veut transformer l'histoire, nous devons le lire pour la réécrire.

Sachant qu'il était interdit de ramener de la littérature qui n'était pas fantastique, Sacha l'avait caché bien au fond de sa valise, sous ses vêtements, de peur de se le faire confisquer.

– Je ne l'ai pas avec moi, mais je peux aller le chercher après les cours répondit-il.

– Non ce n'est pas la peine, de toute façon il faut trouver un endroit pour le planquer et être tranquille pour le lire et l'écrire sans risquer de se faire prendre par un des profs ou des éducs.

Marine rétorqua :

– Ni par les élèves non plus. S'il y a un élève qui s'en aperçoit, tu peux être sûre qu'il nous balancera au proviseur.

– Oui, c'est vrai ce que tu dis, remarqua Sacha. Il va falloir être très prudent. Je peux te poser une question ?

– Oui, bien sûr !

– J'ai entendu dire que tu pouvais écrire plusieurs livres dans l'année, et je me demandais si c'était vraiment vrai ce que l'on raconte ?

– Mais comment sais-tu ça ? A mon avis, ce sont des ragots.

– Je l'ai su par une fille très chouette, mais une redoutable bavarde.

Lisa regardait ses amis, plongée dans ses pensées à l'idée que Sacha aurait pu se railler d'elle pour écrire son livre du Rallye de l'Effraie. Mais avec un peu de recul, elle se disait que ce n'était pas possible, sinon il n'en aurait pas parlé.

– Ouf ! rétorqua Lisa. J'ai bien cru qu'un moment tu t'étais moqué de nous.

Sacha regarda Lisa, l'air étonné.

– Je sais pourquoi tu penses ça ! Mais c'est faux !

Sacha était vexé du manque de confiance de Lisa.

– Excuse-moi Sacha. Mais ça ne fait pas très longtemps que l'on se connaît et c'est normal d'avoir eu un doute. N'en parlons plus. On fait la paix ?

– OK ! T'es ouf quand même, répondit-il.

Marine commençait à s'impatienter et ne comprenait pas grand-chose à cette discussion.

– Hé dites ! Avec tout ça, je devrais être la première concernée et je suis la dernière au courant. Jusqu'à maintenant, je n'ai jamais écrit un livre de ma vie. Alors j'aimerais bien comprendre ce que j'ai de particulier.

– J'en ai aussi entendu parler, mais je préférais te voir à l'action avant de te le dire, répondit Lisa.

– Je propose de parler de ça le moment venu. En attendant, on va manger. Je commence à avoir un creux avec toutes ces émotions.

***

C'est ainsi que Marine était persuadée que l'amitié existait entre Lisa et Sacha. Ils partirent tous les trois au self, joyeux et excités à l'idée d'écrire un BOOK en trio. Lorsqu'ils arrivèrent dans la salle, où tout le monde était en train de finir de manger, une table se libéra pour leur laisser la place. Pendant le repas, les jeunes gens ne parlaient plus de ce qu'ils avaient l'intention de faire pour le roman du garçon. C'est après une heure et demie de bavardage sur le lycée et qu'ils eurent discuté de tout et de rien qu'ils quittèrent le réfectoire pour aller récupérer le livre du jeune homme qui se trouvait dans son foyer. Arrivé dans la cour de l'école, Sacha laissa ses amies pour aller le chercher dans sa chambre. Pendant ce temps-là, les filles se posèrent sur un banc à papoter.

– Dis, Lisa. Je ne sais pas toi, mais moi, j'ai l'impression d'être dans un rêve.

– Pourquoi tu dis ça ?

– Parce que toi, tu trouves ça normal de se téléporter dans un roman ? Ou ailleurs, d'ailleurs ? On se croirait dans une histoire de conte de fées.

– Ben, voilà. Tu as raison, on est dans une histoire. Mais qui est la nôtre. Allez va, regarde-moi pas comme ça, je plaisante. Lol.

– Non tu ne plaisantes pas. Je sais que tu as raison, Lisa. ajouta Marine d'un air mélancolique.

Chapitre 4

Le Maître Chanteur

Le mois de novembre était déjà là. Un manteau de neige prématurée recouvrait le *Centre des Rossignols* et le pont qui surplombait l'école était inaccessible depuis plus d'une semaine. L'hiver avait bel et bien commencé, et les élèves passèrent la nuit au lycée dans un dortoir prévu à cet effet. L'écriture fantastique des jeunes gens était déjà bien entamée. Marine, assise sur une des tables rondes de la bibliothèque avec la légère musique de fond du chant des *rossignols*, s'inspirait de ce nouveau roman : *Le Rallye de l'Effraie*. Ainsi que l'histoire de sa famille faite à son image, elle était si occupée à écrire qu'elle ne pensait plus guère à Jordy, ni à sa mère d'ailleurs. Elle passait aussi beaucoup de temps à lire les livres du rayonnage. Lisa, elle, continuait le manuscrit qu'elle avait commencé l'année dernière. Quant à Sacha, comme ses amies, il plongeait dans son tout premier ouvrage, ce qui était très difficile pour lui car, à part l'histoire qu'il avait prévue avec ses amies, il n'avait pas beaucoup d'autres idées. Mais il savait qu'il y arriverait, grâce à sa persévérance. L'enseignant du pouvoir qui ne se trouvait pas très loin des jeunes gens se tourna vers les trois élèves réunis. Il regardait la feuille de Sacha et demanda à toute la classe d'écouter ce qu'il avait à dire.

– Je vous répète que vous devez à la fin de la semaine me faire passer ce que vous avez écrit à la plume ! Si vous avez un doute, je suis là pour vous aider.

Sacha leva la tête pour regarder l'enseignant qui n'était pas très commode.

– Oui, je parle aussi de toi, dit-il en regardant le garçon droit dans les yeux, avec le visage dur...

– Mais, monsieur je n'ai pas fini, rétorqua Sacha, en lui montrant son bloc- note qui faisait plus d'une cinquantaine de centimètres de longueur et qui était le même que celui de tous les autres élèves.

– Je sais ! Ce qui n'empêche pas que l'autre jour j'ai trouvé beaucoup d'erreurs que tu n'as pas fait corriger. Tu dois savoir que j'ai une plume meilleure que la tienne ! À la fin du cours tu m'amèneras ton cahier, que l'on revoie tout ça, dit-il d'un ton froid.

Marine fut stupéfaite de la façon de parler du professeur envers son ami. C'était un homme d'une trentaine d'années avec de larges épaules carrées dans une tenue plutôt classique, et pas trop mal, mais ceci ne lui permettait pas de se conduire de cette façon avec ses élèves. Il se passa quelques secondes avant que la jeune fille réagisse.

– Monsieur ! Je m'excuse de vous interrompre, mais tout ça est de ma faute. Dans la semaine, Sacha m'avait demandé de l'aider à corriger ses fautes et je n'ai pas eu le temps de le faire.

– Je crois que tu es nouvelle ici. Alors il faut que tu saches qu'en principe c'est moi le prof ! rétorqua-t-il, déterminé, bien que plus calmement.

Pendant un instant, Marine se sentit très mal à l'aise ! Mais tant pis ! Elle lui répondit franco !

– Mais il n'empêche que le jour ou je suis arrivée dans cette école, on m'avait dit que la bibliothèque était un lieu de détente et d'inspiration et non pas un endroit pour se faire réprimander de cette façon à cause de fautes d'orthographe qui peuvent être corrigées plus tard. Après tout, cela peut arriver à tout le monde d'oublier ! C'est comme dans la grammaire, il y a des exceptions à la règle.

– Bon, maintenant ça suffit, vous viendrez me voir tous les deux dans mon bureau après les cours !

– Oui, monsieur ! répondit l'adolescente qui avait une envie folle de l'envoyer balader en prononçant son surnom de Cafard que lui avait donné les lycéens des *Rossignols.*

***

Après avoir été sermonné par l'enseignant, les jeunes gens, ainsi que Lisa qui restait là sans rien dire, se remirent au travail. Une heure plus tard, tous les élèves sortirent du cours pour prendre l'air et rejoindre le réfectoire. Avant d'avoir franchi la porte, Cafard les interpella, toujours avec un ton aussi désagréable.

– Hé ! dit-il en levant la main pour leur faire signe de venir vers lui. Il me semblait vous avoir dit de passer à mon bureau après les cours ! Et si je n'avais pas été là, vous vous seriez éclipsés sans rien dire.

– Oh mais non, monsieur ! Nous allions accompagner Lisa dans la cour, répondit Marine.

– Ah oui, parce que tu crois qu'elle n'est pas capable d'y aller toute seule ? dit-il avec ironie. Allez, un RETROPELET dans mon bureau, ça ira plus vite. (Oups)

Ils étaient là, tous les deux avec le professeur du pouvoir, dans une salle commune du bureau particulièrement calme. Il faut dire, que vu l'heure, tout le monde était quasiment parti du lycée. Marine devança Cafard et lui tendit un document sur le règlement intérieur de l'établissement qu'elle avait récupéré dans la journée.

Comment développer la coopération

– Dites aux élèves que vous voulez que votre groupe soit le meilleur de l'école. Créez une importance au groupe.

– Établissez un respect mutuel.

– Soyez juste mais ferme.

– Les enfants doivent ressentir que vous les aimez.

– Utilisez constamment l'encouragement.

– Établissez des buts et objectifs avec votre classe. Affichez-les. Évaluez périodiquement le progrès.

L'enseignant prit connaissance de la copie de l'adolescente et lui répondit sans hésiter:

– Tu as raison Marine, je n'ai pas été très juste avec vous et je m'en excuse. Vous m'avez ouvert les yeux et je vous en remercie. Et moi qui étais déterminé à vous punir ! Parfois les adultes font des erreurs.

– Vous savez monsieur, l'erreur est humaine, le rassura Sacha.

Marine commençait à s'impatienter en le regardant parler comme s'ils devaient y passer la soirée, et elle se demandait si elle allait pouvoir continuer à écrire son livre. Alors, elle mit fin à leur conversation.

– Je suis désolée mais nous devons aller rejoindre Lisa qui doit nous attendre depuis un bon moment maintenant.

– Oui, bien sûr. Allez-y et à demain, rétorqua le professeur sur un ton plus posé que la dernière fois.

Les jeunes allèrent retrouver leur amie dans la cour, où elle les attendait assise sur un banc, discutant avec un surveillant qui la regardait d'un peu trop près à leur goût. Ils s'approchèrent et coupèrent court à leur conversation.

– Il faut y aller, dit Sacha. Nous avons beaucoup de choses à faire.

Marine prit la main de Lisa qui l'entraîna hors du banc. Les adolescents partirent d'un bon pas pour aller continuer le roman qu'il leur était interdit d'écrire et de publier. Arrivés dans leur chambre, tous trois se mirent au travail. Mais avant ça, Sacha demanda à son amie ce que lui voulait le type de tout à l'heure.

– Il voulait que je l'aide à écrire un livre. Mais je n'ai pas cru un mot de ce qu'il me disait. Je voyais ça plutôt comme du baratin. Heureusement que vous êtes arrivés, je commençais à prendre racine avec lui sur mon dos. Je ne vous explique pas le colis. Bon, sinon à part ça ... Et vous, comment ça s'est passé avec Cafard ?

– Tu ne vas pas en croire tes yeux. Marine lui a sorti un règlement du lycée, super, et vrai en plus de ça. Il s'est excusé, on a parlé et nous voilà.

– Mais alors, il n'est pas si ouf que ça ? ajouta Lisa.

– Je pense que c'est une personne très bien, mais qui parfois pète un câble comme tout le monde, argumenta Sacha...

– A mon avis, il a un truc pas clair ! Parce que je pense que si on se faisait coincer, il ne nous ferait pas de cadeau. De toute façon j'le sens pas ! Il est chelou, ajouta Marine.

Sacha avait un tout autre jugement et insista auprès de Marine.

– Tu es dure avec lui. Il n'est pas si mal que ça.

Lisa intervint.

– On verra bien avec le temps. Au fait Marine, l'autre jour tu as continué d'écrire *Le Rallye de l'Effraie*, et tu en es où ?

– Tu veux savoir si je l'ai fini. Eh ben non, pas encore. Mais t'inquiète ! Dans quelques jours il sera terminé et nous n'aurons plus qu'à le transformer en livre.

Lisa eut un déclic suite aux paroles de son amie, elle la regarda avec un sourire étonné et lui demanda:

– Qu'est-ce que tu viens de dire ? Tu peux me répéter s'il te plaît ?

– Que j'allais bientôt le finir...mais pourquoi cette question zarbi?

Sacha regardait les deux filles et ne comprenait pas ce que voulait dire Lisa. Sa curiosité le poussa à leur demander ce qui se passait...

– Est-ce que vous pourriez m'expliquer le problème ? dit-il.

– Je crois bien que j'ai trouvé ton autre don, Marine, expliqua Lisa.

– Alors là, il faut que tu m'éclaircisses, rétorqua Marine.

– Tu m'as dit, transformer en livre.

-Oui, mais ce que je voulais dire, c'était de l'envoyer à l'éditeur des *Rossignols.*

Lisa regarda son amie et lui fit un signe de la tête de gauche à droite pour lui dire non.

– Non ! Mieux que ça ! Tu es capable de transformer les choses en ce que tu veux...comme par exemple, un manuscrit en livre...tu comprends ce que je veux dire ?

Marine observa Lisa de la tête aux pieds en se demandant si elle se sentait bien.

– Ecoute Lisa, si tu n'es pas très bien, on t'accompagne à l'infirmerie, lui proposa Marine.

– Je ne plaisante pas ! Tu peux essayer, et tu verras !

– Essayer quoi ? Tu en as de bonnes ! Je ne

sais même pas ce que je dois faire. Si je savais au moins comment m'y prendre, ça me serait peut-être plus simple.

Sacha prit part à la conversation et leur demanda de régler le problème ultérieurement.

– Dites les filles, je ne veux pas vous déranger, mais il serait peut-être préférable de parler moins fort, il y a des oreilles partout ici.

– Tu as raison Sacha, répondit Lisa en chuchotant et voulant faire comprendre à Marine qu'elle ne déraillait pas.

La jeune fille ne voulut pas contrarier son amie et lui proposa d'en discuter plus tard, mais pour l'instant, il fallait continuer l'histoire du Rallye de l'Effraie.

***

Une heure après... Derrière la porte de la chambre où se trouvaient les jeunes gens, un bruit suspect les interpella. Marine, qui était plongée dans son bouquin avec toute l'attention qu'elle lui portait, ne réagit pas aux craquements du parquet du couloir et du grincement de la poignée. Mais Lisa et Sacha, qui avaient tout entendu, s'approchèrent de l'entrée doucement sans vouloir perturber leur amie. Ils ouvrirent la porte d'un coup sec ! Il n'y avait personne aux alentours. Ils se regardèrent droit dans les yeux, étonnés de ne pas voir âme qui vive. Lisa baissa la tête et aperçut un morceau de papier à ses pieds. Elle le saisit et le parcourut des yeux avec le regard inquiet.

– Que se passe-t-il ? demanda Marine, surprise du comportement de ses amis.

– Chuttt... répondit Lisa.

La jeune fille resta figée sans rien dire. Puis elle se leva de la chaise où elle était en train d'écrire pour aller les rejoindre. Elle se baissa, ramassa la feuille de papier que Lisa avait laissé tomber par terre et, avec une drôle de tête, elle lut :

Si vous ne me donnez pas ce que je veux, je dirai tout à propos du livre que vous êtes en train d'écrire et qui est interdit dans le lycée des *Rossignols*.

– Qu'est-ce que c'est Marine ? lui demanda Sacha.

– Je crois que nous avons un sérieux problème. On nous fait du chantage, avertit Marine.

– Montre-moi ! répondit-il.

L'adolescente lui tendit le papier qui la tourmentait.

– Mais qu'est-ce qu'il veut ? S'il nous disait au moins ce que nous devons lui donner, ça nous faciliterait la vie, ragea Sacha en colère.

Les jeunes gens se posèrent des questions qui

n'eurent pas de réponses. Quant à Lisa, elle ne se sentait pas très bien à cause de toute cette histoire et pensait que Marine devait sûrement avoir la clef du mystère. Elle lui posa la question franchement.

– Dis-moi Marine, je ne veux pas remettre ça sur le tapis, mais à mon avis, tu dois savoir ce qu'il, où elle, nous demande.

– T'es ouf toi ! Comment veux-tu que je le sache ? Et puis, qui te dit que c'est moi qui ai ce qu'il veut ? Peut-être que c'est le livre du *Rallye de l'Effraie* ?

– Tu as raison Marine, voilà la réponse ! ajouta Sacha d'un air ironique.

– Quoi qu'il en soit, s'il ne nous dit pas ce qu'il veut, on ne pourra pas le lui donner, avertit Lisa.

– Que pouvons-nous faire ? demanda Sacha.

– Patienter ! proposa Marine. Je ne vois pas ce que l'on peut faire d'autre...

– OK ! Et après, s'il nous balance au proviseur ? s'inquiéta Lisa.

– De toute façon, ils n'ont aucune preuve ! conclut Marine.

De toute évidence, les adolescents étaient dans une impasse et n'avaient pas d'autre choix que d'attendre une nouvelle lettre ou un signe du maître-chanteur plus plausible. Et c'est par un mercredi après-midi ensoleillé mais froid que les jeunes gens continuèrent d'écrire le livre du *Rallye de l'Effraie*, assis sur un banc, dans un parc animalier plutôt calme. Un homme était en train de les filmer discrètement derrière un saule pleureur. Soudain, Marine fut contrariée. La jeune fille crut voir celui-ci et, silencieusement voulut s'en approcher de plus près pour en avoir le cœur net. Elle se leva doucement, jeta un coup d'œil aux alentours et fit le tour de l'arbre sans voir personne. Cinq minutes plus tard, l'adolescente revint sur ses pas pour rejoindre ses amis.

– D'où viens-tu, Marine ? demanda Lisa.

Marine marqua une pause.

– J'ai cru voir quelqu'un qui nous observait derrière un arbre... mais j'ai dû rêver.

– Moi aussi, ça m'arrive de me tromper, dit Sacha. Je crois toujours que l'on me regarde, et je me rends compte que c'est dans mon imagination.

– T'as pas la lumière à tous les étages, plaisanta Lisa.

– Oui, t'as sûrement raison. J'ai dû halluciner.

La jeune fille ne paraissait pas très convaincue.

– N'y pensons plus, leur dit-elle.

***

C'est quelques jours plus tard, après avoir retourné dans tous les coins et se demander qui pouvait bien être cette personne acharnée à l'approche des vacances de Noël, que les trois jeunes gens reçurent un nouveau courrier au foyer des filles, mais cette fois-ci, il était adressé principalement à Marine. On lui demandait de lui donner la plume magique en échange de son silence.

– Mais quelle plume ? J'n'ai pas de plume... à part celle que l'on nous a donnée à la rentrée des classes, s'étonna Marine, très agacée.

C'est à ce moment-là que Lisa aperçut un paquet à côté des lettres que le facteur avait déposées dans la cuisine sur le bar. Il n'était pas très gros, plutôt plat, et était aussi destiné à Marine.

– Regarde, Marine, il y a un colis pour toi.

L'adolescente l'ouvrit et, à leur grande surprise, le paquet contenait un DVD. Elles allèrent sans attendre le passer dans un lecteur qui se trouvait dans la salle de télé où, par chance, il n'y avait personne. A la vue de la vidéo, Marine comprit qu'elle n'avait pas rêvé ce jour-là au parc animalier. Elle avait bien vu un homme derrière l'arbre. On pouvait très bien apercevoir *Le Rallye de l'Effraie* avec sa couverture colorée qui était très reconnaissable. Après la fin de la lecture, les filles se précipitèrent chez Sacha pour lui montrer ce que Marine avait reçu. Arrivées en bas du foyer garçons, elles appelèrent leur ami avec la plume de Lisa. Deux minutes plus tard il vint les rejoindre, et tous les trois se précipitèrent sur un banc de l'école où ils étaient sûrs qu'il n'y aurait personne pour les déranger. Après qu'elles lui eurent tout raconté, Sacha proposa un truc de ouf.

– Bon ! dit-il. Quitte à y passer la journée et la nuit s'il le faut, on trouvera cette plume. C'est quand même chelou cette histoire !

– Tu parles comme un livre Sacha, rétorqua Lisa. Il faut déjà savoir par où commencer et avant tout se poser les bonnes questions.

***

Deux jours plus tard, enfin le week-end, les trois adolescents passèrent leur journée et leur soirée à savoir qui pouvait bien être ce maître-chanteur qui les menaçait de tout dévoiler si Marine ne leur remettait pas la plume magique. Ils cherchèrent toutes les astuces possibles pour trouver cet objet qui paraissait tellement précieux aux yeux du corbeau. Et c'est pendant une soirée tranquille dans un salon du *Centre des Rossignols*, au milieu de jeux vidéo, que Marine, plongée dans ses pensées et sans même réfléchir à leur problème, eut une idée.

– J'ai trouvé ! s'écria-t-elle ! Hé Lisa ? Tu m'as

bien dit que le foyer d'à côté, abritait des jeunes de notre âge avec des pouvoirs pas comme les nôtres?

Très inquiète, Lisa regarda son amie en se demandant bien ce qu'elle avait pu trouver comme nouvelle invention. Soudain, elle lui donna une petite tape sur l'épaule puis ajouta, très vite :

– Tu es un génie ! J'ai capté ton idée. Pourquoi n'y ai-je pas pensé plus tôt ? Tu te souviens Marine du jour ou nous sommes rentrées dans la salle interdite aux élèves en début d'année ? Hé ben, ce jour-là, j'ai surpris une conversation peu ordinaire, car justement ils parlaient de mur et de plume. Il y aurait peut-être un rapport avec le maître-chanteur ?

– Mais bien sûr ! répondit Marine. Tu aurais dû nous en parler il y a bien longtemps! Bon, tant pis. Maintenant il suffit de se bouger.

– Au fait, tu comptes faire comment pour que l'on ne se fasse pas prendre quand on y sera? ajouta Lisa.

Car il y avait un blême. Comment allaient-ils faire pour avoir une approche quand ils seraient de l'autre côté ? Elle savait que Lisa insisterait pour en savoir plus sur la manière de passer inaperçus. L'adolescente réfléchit en se passant une main sur sa mèche de cheveux et en baissant la tête.

– Ben voilà, j'ai seulement pensé qu'il se pourrait que le corbeau vienne du... dit-elle en montrant la direction du grand mur. Mais, pour le reste, je ne sais pas.

Sacha, qui restait là sans rien dire à les regarder discuter, prit part à la conversation.

– Hé dites, les filles...Je pourrais savoir ce qui se passe, parce que vous, vous avez peut-être compris, mais moi je n'ai rien pigé!

– Alors, si j'ai bien tout saisi, Marine propose que l'on aille derrière ce mur, expliqua Lisa en lui montrant du doigt ce qui ressemblait à une grande muraille. Elle pense que le corbeau se trouve de l'autre côté, et je dois dire qu'elle n'a peut-être pas tort avec ce que j'avais entendu à la rentrée des classes. Même si on n'a pas le droit, on prend le gauche. De toute façon, on n'a pas le choix si on veut trouver celui ou celle qui nous fait du chantage. Il suffit d'être prudent.

Sacha regardait ses amies en se demandant si elles n'avaient pas perdu la tête. Mais, après tout, pourquoi pas, au point où on en est, songea-t-il.

– Oui c'est vrai que c'est une piste qui ne serait pas négligeable, mais comment comptez-vous faire un RETROPELET dans un endroit que vous ne connaissez pas du tout, et même pas en photo ?

Il est vrai que pour les jeunes gens cela paraissait difficile d'aller dans un endroit qu'ils ne connaissaient pas. Car pour se téléporter il fallait connaître le lieu afin de pouvoir s'y rendre. Alors, tous trois décidèrent d'y penser plus tard dans la soirée. Après une dizaine de minutes, alors qu'ils se baladaient, avant d'aller retrouver leur foyer, Sacha se tourna vers ses amies et leur dit :

– J'ai trouvé !

– Trouvé quoi ? questionna Marine.

– Hé ben, comment aller de l'autre côté du mur sans faire un RETROPELET ? Il suffit tout simplement d'y aller comme tout le monde, à pied, par la route. Il doit bien y avoir un portail qui nous permettra de pénétrer à l'intérieur de l'établissement, ça ne doit pas être si compliqué. Après tout, nous aussi on a une entrée aux *Rossignols*. Et puis, avant d'avoir des pouvoirs, on faisait comment, les filles ?

– Mais c'est vrai ce que tu dis ! Chouette, on a trouvé comment y aller, dit Marine.

– Attendez ! Vous voulez bien m'expliquer comment vous avez l'intention de vous y prendre ? Ça me paraît ouf cette idée ! rétorqua Lisa.

Sacha se gratta la tête comme pour réfléchir. Mais, au bout de trois secondes, on va dire très peu de temps...

– On y réfléchit ce soir. Après tout, la nuit porte conseil. Et demain on met ça au clair.

– OK ! répondit Lisa qui aurait préféré régler le problème le jour même, mais elle pensa que c'était sûrement plus raisonnable d'attendre.

Marine était très satisfaite à l'idée d'aller voir ce qui se passait chez les voisins, ce qui l'intriguait depuis un bon bout de temps. Ce soir-là, dans leur chambre, les filles réfléchirent beaucoup à la manière de s'y prendre pour passer chez les chelou, tel était leur surnom.

Chapitre 5

Le Mur Interdit

Le lendemain matin, Marine se réveilla de bonne heure. Elle fit un bond de sa couchette et secoua Lisa qui dormait à poings fermés. Celle-ci se mit à crier:

– Mais qu'est-ce qui se passe, il y a des monstres qui veulent nous tuer ?

Apparemment la jeune fille sortait d'un mauvais rêve. Elle ouvrit les yeux très difficilement, et devant elle son amie la regardait en voulant la rassurer.

– Ne t'inquiète pas, tout va bien, tu as fait un cauchemar.

Lisa s'assit sur son lit et lui dit, à moitié endormie:

– Pourquoi sommes-nous réveillées si tôt? Quoi ? Six heures du mat ? s'écria-t-elle en regardant l'heure à son réveil. Mais t'es OUF de me réveiller à cette heure-ci ! L'école ne commence qu'à neuf heures!

– Mais non, on ne va pas au lycée aujourd'hui, on est samedi.

– Quoi ! Non mais, en plus de ça, on est samedi ! Laisse-moi dormir Marine !

Marine insista pourtant auprès de son amie.

– Enfin Lisa, tu sais bien qu'aujourd'hui nous devons aller de l'autre côté, avec Sacha. Il faut se dépêcher si on veut découvrir le corbeau, et avec un peu de chance on trouvera la plume.

Lisa rabattit ses draps sur sa tête pour ne pas écouter ce qu'elle lui racontait.

– Si l'éducatrice de nuit nous voit partir à cette heure-ci, tu peux être sûre que nous passerons le reste de la journée au foyer. Sans compter de plus pouvoir mettre le nez dehors une seule fois. Et on aura tout gagné, grogna Lisa, toujours enfouie au fond de son lit, sous les couvertures.

Sans écouter son amie, et sans l'ombre d'une hésitation, Marine s'habilla rapidement, prit ses chaussures à la main et partit à tâtons par la grande porte de derrière qui disposait d'un double battant. Ceci lui permit de l'ouvrir sans la clef. Arrivée au bas de l'escalier, l'adolescente enfila ses baskets ! C'est alors qu'elle entendit un léger bruit et elle pensa à ce moment que sa tranquillité était menacée. Par chance, c'était son amie qui venait la retrouver, car elle ne voulait surtout pas la laisser partir seule, au risque qu'elle ne fasse de mauvaises rencontres.

– Tu m'as fait peur, Lisa ! lui dit Marine tout bas. Au fait je croyais que tu voulais dormir ?

– Maintenant que tu m'as réveillée! Allez viens, on y va !

Joyeuse que son amie ait changé d'avis, elle lui chuchota :

– C'est super que tu sois là. J'ai prévenu Sacha, il arrive, on doit se rejoindre au bas du centre !

***

Un quart d'heure plus tard les trois jeunes gens se présentèrent au portail des *Rossignols.* Celui-ci devait avoir deux mètres de hauteur, ce qui ne rassura pas Lisa. Après quelque temps de réflexion, l'adolescente prit son courage à deux mains et empoigna un des barreaux qu'elle examina avec inquiétude. Arrivée de l'autre côté du trottoir où ses amis l'attendaient, la jeune fille souffla, apaisée, après être descendue sur la terre ferme.

– Ça va ? demandèrent ses amis, inquiets pour elle en la voyant escalader le mur avec tant de mal.

– Oui, très bien merci, mais pour l'autre portail ça va être beaucoup plus dur, car dans mes souvenirs il est un peu plus haut et sans barreaux pour s'agripper, ajouta t-elle.

Très étonnée, Marine regarda Lisa. Sans hésiter, elle lui demanda comment elle savait cela.

– Tu l'as déjà vu ? lui demanda-t-elle.

– Par curiosité, un jour où je passais par là.

– Alors, si je comprends bien, toi aussi tu as toujours été curieuse de savoir ce qu'il y avait derrière. Et moi qui croyais que j'étais toute seule à penser ça !

La peur au ventre, Sacha craignait de se faire remarquer par la police ou des personnes pas très fréquentables, d'autant plus que les rues étaient désertes.

– Hé dites, les filles, ce n'est pas pour vous déranger, mais ce n'est sûrement pas le moment et le lieu de parler de ça. Je vous propose d'y aller.

Les jeunes gens coururent jusqu'à l'entrée du pensionnat de leurs voisins. Arrivés devant, ils commencèrent à se demander comment ils allaient s'y prendre pour passer par-dessus avec cet immense panneau qui faisait toute la surface du portail. Car, en effet, il n'y avait pas de traverse pour se maintenir et Lisa voyait ça d'un mauvais œil. Au bout d'un certain temps, Marine eut une idée.

– Je propose que l'on attende que le portail s'ouvre pour nous infiltrer à l'intérieur.

– Pas bête, mais on attend où? On ne va pas rester sur le trottoir, nota Sacha.

– Ce que l'on peut faire, c'est se planquer derrière l'arrêt de bus en espérant qu'une voiture arrive assez vite, ajouta Marine.

***

Les adolescents acquiescèrent en se précipitant sous l'abri tout en discutant à la façon dont ils allaient s'y prendre pour accéder aux bâtiments et trouver le maître-chanteur une fois à l'intérieur...et si possible dégoter la fameuse plume magique.

– On n'a qu'à improviser quand on sera sur place, proposa Sacha.

A ce moment-là, juste avant de dire quoi que ce soit, Lisa interpella ses amis.

– Ça y est, il y a quelqu'un qui arrive, vite on passe derrière la voiture.

Tous trois se tapirent et, marchant en canard, ils s'exilèrent derrière un talus, ni vu ni connu. Sacha regarda sa montre. Il était déjà plus de huit heures du matin. Tout à coup, une foule d'enfants, tous habillés pareil, se trouvèrent dehors à faire des exercices de gym dans le centre des chelou, comme les *Rossignols* avaient l'habitude de le surnommer. C'est ainsi que les adolescents dénichèrent un passage juste après que le véhicule eut franchi l'issue. Les jeunes gens se frayèrent un chemin dans le groupe d'élèves pour ensuite se faufiler au dos du bâtiment, qui n'avait apparemment aucune fenêtre se trouvant près d'eux. Tout cela leur faisait penser à un blockauss en béton où l'on fait des expériences secrètes. C'est alors que Sacha prit les devants pour chercher une porte d'entrée. Ses amies le suivirent en regardant un peu partout de gauche à droite pour être sûres de ne pas rencontrer quelqu'un. En arrivant devant un perron, et à leur grand désespoir, un boîtier avec un code leur barra la route. Le garçon trouva aberrant de découvrir un endroit aussi ouf avec autant de sécurité. Il exprima son mécontentement...

– Ils sont vraiment chelou ici ! D'abord ils sont fringués tous pareil, comme des tôlards, et en plus de ça, ils ont un code pour rentrer dans leur blockauss. On se croirait à l'armée, comme s'ils avaient besoin d'être protégés. Et puis, les gars ont l'air ridicule avec leur espèce de jogging blanc. Les filles en jaune aussi, d'ailleurs.

Marine lui demanda de se calmer, et qu'il ne fallait surtout pas s'inquiéter. Qu'ils étaient là pour trouver celui qui leur faisait du chantage, et éventuellement la plume magique, mais non pas pour y vivre.

– Oui, elle a raison ! l'approuva Lisa. Il ne faut pas paniquer, on va trouver un moyen.

– Et si on attendait qu'ils rentrent ? A ce moment-là, on se faufilera dans le groupe, ni vu ni connu ! ajouta Marine.

– Ha oui, avertit Sacha. A cause de nos vêtements différents de leurs fringues de guignols, tu crois que l'on va passer inaperçus ?

– Ben oui, c'est vrai, quelle idée aussi, ils ne peuvent pas être habillés comme tout le monde!

Les adolescents étaient à court d'idées pour s'introduire à l'intérieur. Alors, en attendant de trouver une solution, ils se glissèrent sur le côté d'une haie d'arbustes et chuchotèrent en espérant que personne ne viendrait les interrompre. Un moment plus tard, Sacha proposa de faire le tour de l'immeuble et, si ça ne suffisait pas, ils iraient voir les autres bâtiments qui étaient identiques à celui-ci. Mais, pour l'instant, ils allaient s'en contenter. Ils firent le pourtour du blockauss au cas où il y aurait une fenêtre qui leur permettrait de se faufiler, ce qui paraissait plutôt rare par ici, et fallait-il encore qu'elle soit ouverte, ou bien une autre porte, accessible et sans code. Marine, qui était passée devant, aperçut un hublot à moitié ouvert, assez grand pour s'y infiltrer. Sacha, étant de bonne taille, commença à ouvrir délicatement l'accès. Le garçon passa le premier et se retrouva sans difficulté à l'intérieur sur une table qui servait à préparer le café. De toute évidence, c'était une pièce où des enseignants prenaient leur pause, comme on pouvait voir dans les écoles. Ceci leur fit penser à un collège ou un lycée. Après avoir escaladé, les jeunes gens ouvrirent une porte qui donnait sur un long couloir, comme on pouvait voir dans des internats. Guidés par Sacha, ils traversèrent une immense salle, entièrement bétonnée des murs aux plafonds. Ils entrèrent dans une autre petite salle, sûrement réservée aux enseignants pour leurs réunions. Un peu plus loin, on entendait des voix qui provenaient d'une porte située sur la droite. D'autres devaient se trouver là, pendant que certains faisaient leur gymnastique matinale. Tout à coup, des cris s'élevèrent derrière Marine. Elle se retourna et resta bouche bée, comme ses compagnons d'ailleurs. Un garçon très agité se trouvait là, devant eux. Il leur dit :

– Je vous ai fait peur ? Parce que c'était le but ! Vous êtes dans quelle classe ?

Ils ne savaient pas trop quoi répondre à cet énergumène. Alors, Sacha rétorqua sans même réfléchir, mais pour se sortir du pétrin où les jeunes gens s'étaient mis :

– Nous ? Heu, nous sommes des stagiaires.

– Ah pardon, je vous avais pris pour des élèves. Mais je me disais aussi... je ne vous avais jamais vus... alors vous êtes nouveaux... j'ai trop la mort ! Allez salut.

Le jeune homme partit en chantonnant une musique de rap. Les adolescents le regardèrent s'éloigner et Lisa fit remarquer à son ami la bonne idée d'avoir répondu aussi spontanément au gamin un peu bizarre, et surtout dans son accoutrement, avec cette cape noire de sorcier. Enfin ce qu'il en paraissait.

– Bonne idée que tu as eue de nous faire passer pour des stagiaires. Je n'aurais pas fait mieux...

– Bon, maintenant, qu'est-ce qu'on fait ? ajouta Marine. C'est dommage qu'il soit parti, on aurait pu lui poser quelques questions...ça nous aurait bien aidés, parce que là, vous voyez je ne sais pas trop où on va trouver cette plume, et celui qui nous fait du chantage. Alors voilà, je propose que l'on se planque, et si on se fait surprendre, on dira que nous sommes des stagiaires. Que pensez-vous de ça? Après tout, ça a bien marché tout à l'heure. Attention, v'là quelqu'un qui arrive, avertit-elle, affolée.

***

Ils se cachèrent dans un petit cagibi qui se trouvait à côté d'eux. Juste avant de refermer la porte, Marine se demanda si ce n'était pas un effet de son imagination, mais il lui semblait que non, vu que ses amis faisaient aussi une drôle de tête. Effectivement, on pouvait croire que les trois adolescents se trouvaient dans un rêve. Ils se pincèrent pour être plus sûrs de ce qu'ils apercevaient : un petit groupe de cinq enfants environ passait à travers les cloisons.

– Vous avez vu ça ? s'enquit Sacha. Ce sont des fantômes. Ils passent à travers les murs...

– On se demande bien à quoi servent les portes ici, ajouta Marine.

Lisa n'avait pas envie de plaisanter et proposa de partir d'ici pour retourner au foyer des *Rossignols*, avant que quelqu'un ne s'aperçoive de leur absence, et surtout de quitter cet endroit bizarre. Ce qu'ils accomplirent sur-le-champ, dès que les élèves furent partis. Les jeunes gens se précipitèrent vers la sortie pour se téléporter dans leur centre. Arrivés devant le parc, ils se sentirent soulagés, mais ils ne savaient toujours pas comment s'y prendre pour leur enquête. Ils connaissaient le risque qu'ils encouraient s'ils se faisaient prendre. Sachant qu'avec un renvoi de l'école ils ne pourraient sûrement pas partir en voyage sans avoir terminé leur livre. Même s'ils s'étaient dit que de toute façon ils prendraient quand même des vacances par-ci par-là. Et avec ce qu'ils avaient découvert derrière le mur, tout cela commençait à prendre une trop grande envergure. Il fallait qu'ils fassent quelque chose.

– C'est quand-même chelou de voir des élèves traverser des cloisons. On ne voit pas ça tous les jours, dit Sacha à ses camarades.

– Se RETROPELET non plus d'ailleurs. Alors qu'est-ce qui est le plus chelou ? Je crois que ça se vaut, ajouta Lisa.

– Quoi qu'il en soit, fit Marine, nous, nous sommes vivants, mais eux, non. Alors qu'est-ce qu'il vaut mieux, vivants ou morts ?

Lisa et Sacha regardaient leur amie d'un air suffoqué. Et, malgré tout, ils se demandèrent si elle n'avait pas raison, mais le fait que ça soit des fantômes, changeait beaucoup de choses pour les jeunes gens.

– Et maintenant, comment fait-on pour trouver le maître-chanteur et la plume ? demanda Lisa.

***

Marine savait que Lisa et Sacha pensaient la même chose qu'elle. Si c'était le seul moyen de récupérer cet objet magique, alors on n'avait pas le choix, il fallait y retourner.

– Je pense qu'il y a de bonnes raisons que la plume se trouve là-bas. Avec ce que l'on sait déjà, il n'y a aucun doute. Alors, je propose d'y aller après manger, et comme ça on aura toute l'après-midi.

– Je suis bien de cet avis, Marine, dit Lisa à voix basse. Mais il y a un problème. C'est que ce sont des fantômes ! Des morts-vivants ! insista-t-elle.

– Et tu penses qu'ils vont nous tuer pour être comme eux ? ajouta Marine avec ironie.

– Non, bien sûr que non, rétorqua Lisa. Et puis, après tout, je n'en sais rien ! Toute cette histoire me fait peur et m'intrigue en même temps. Et si on se fait prendre avant d'avoir trouvé la plume ou l'autre maniaque, on sera bons pour retourner au foyer, sans oublier que l'on pourra mettre une croix sur le lycée et notre voyage de fin d'année. Vous allez me dire que ça, je le savais déjà avant d'aller de l'autre côté du mur.

– Tu as raison Lisa... mais tu sais qu'on a aussi des avantages ! Nous sommes vivants, nous. Après tout, ils ne passent qu'à travers les murs.

Sacha et Lisa regardèrent leur amie sans un mot, tout en réfléchissant à ce qu'elle venait de leur dire. Au bout de quelques secondes, ils acquiescèrent en souriant. Ils semblaient être très convaincus.

– Alors, ce sourire veut dire que vous êtes d'accord ?

– Vu comme ça, ça peut se faire, répondit

Lisa d'une petite voix.

– Après tout, on n'a plus rien à perdre, fit remarquer Sacha. Mais quand même, quand je pense que tout ça est de ma faute…

– Arrête de te lamenter, Sacha, grogna Marine. Moi aussi je me sens responsable pour cette plume, dont je ne connais même pas l'existence d'ailleurs. Et puis, n'y pensons plus. D'abord, la première chose, c'est de se faire tout petit pour ne pas se faire choper. Après, on improvisera sur place. Parce que tant que l'on ne connaîtra pas vraiment les locaux, cela risque d'être plus difficile. Dites, vous le trouvez pas zarbi, ce foyer ?

– Comme tout le reste, ajouta Lisa.

– Qu'est-ce que tu veux dire ? demanda Sacha à Marine.

– Eh ben…cet immeuble me donne l'impression d'avoir été incendié, avant d'être ce qu'il est maintenant.

– Moi aussi j'ai remarqué ça, et à mon avis, c'est après l'incendie qu'ils ont refait cet immense blockauss. Il ne doit pas être d'origine.

***

Plus tard, après le déjeuner, nerveux à l'idée de retourner là-bas, ils allèrent s'asseoir à l'écart des autres élèves dans une petite bibliothèque où ils savaient que personne ne les dérangerait. Marine et Sacha eurent la bonne idée de parcourir les dictionnaires fantastiques qui se trouvaient sur des étagères poussiéreuses, et ils se disaient qu'avec un peu de chance ils trouveraient peut-être un moyen de vaincre les fantômes des chelou, comme on voit dans les films. Quant à Lisa, elle ne disait pas grand-chose et ne pensait qu'à ce qui les attendait de l'autre côté. Après une bonne heure, Marine poussa un cri de joie:

– Ça y est, j'ai trouvé !

– Chut, répondit Sacha.

Lisa lui fit les gros yeux et proposa d'aller ailleurs pour en parler. Ils se précipitèrent vers la sortie puis ils entendirent une voix au fond de la salle...

– Qu'est-ce que vous faites ? dit le surveillant du bâtiment en avançant d'un bon pas vers eux.

– Rien ! répondit Marine qui s'empressa de glisser derrière son dos sous son pull et son jean, le livre qu'elle venait de prendre à la bibliothèque.

– Vous allez encore vous balader, comme ce matin où personne ne savait où vous étiez. Vous savez qu'il est interdit de faire des RETROPELETS hors du foyer ?

– Non, enfin oui. Je veux dire... nous restons dans le centre pour trouver l'inspiration pour notre roman, lâcha Marine sans réfléchir.

– OK ! Vous pouvez partir, mais attention de ne pas vous égarer, si vous voyez ce que je veux dire…

Les adolescents firent demi-tour et Marine fit pivoter discrètement le bouquin devant-elle. Ils partirent tous les trois sans ajouter un mot. Arrivés dehors, ils filèrent droit sur un banc qui était caché des regards indiscrets des autres pensionnaires…

– Wouah… c'était chaud ! ajouta Sacha.

– Tu peux le dire ! répondit Lisa.

Quant à Marine, la seule chose qui la préoccupait était de connaître les fantômes. Elle ouvrit le livre à la page qui l'intéressait. Au bout d'un certain temps, elle resta figée sur un commentaire et interrompit ses amis.

– Ecoutez-ce qu'ils disent sur les morts-vivants !

– Je préfère quand tu dis les fantômes, ajouta Lisa. Les morts-vivants, ça me donne froid dans le dos.

– Bon ! OK ! Dans certains bouquins ou les films, les fantômes ont des pouvoirs. Ils font voler des objets ou traversent les murs, comme on a pu voir aujourd'hui, et plein d'autres trucs de magie. Mais ça, ils ne le précisent pas. Ha oui, écoutez ça ! Ils sont morts et leur esprit est détaché de leur corps avec une apparence de bons vivants. Normalement, ils devraient partir de l'autre côté, mais pour certains ils n'ont pas trouvé la lumière ou ils ne veulent pas y aller.

– Vous voulez que je vous dise ce que je pense d'eux ? répondit Lisa. C'est que c'est pour cette raison qu'ils se trouvent dans ce blockauss, cachés de la vie extérieure.

Sacha et Marine demeuraient sceptiques.

– Qu'est-ce qu'on fait, maintenant ? demanda Sacha.

Marine ne voyait qu'une chose à faire : c'était de retourner de l'autre côté.

– Je propose que l'on y retourne, et comme on est bien placés pour se RETROPELET, personne ne nous verra. Ce qui veut dire que c'est le bon moment.

Les jeunes gens ne voulaient pas prendre de risque, ils se téléportèrent dans le cagibi où ils s'étaient cachés ce matin-là. Et oups ! Tous trois repartirent. Dès leur arrivée, Sacha les avertit.

– Chut... je crois bien qu'il y a quelqu'un.

Le garçon ouvrit légèrement la porte et aperçut deux adultes dans le couloir. A sa grande surprise, il reconnut Cafard avec une femme qu'il n'avait jamais vue.

– Hé les filles, vous savez qui je viens de voir ?

– Eh ben non ! Comment veux-tu qu'on le sache ? Mais à voir ta tête, tu as vu un fantôme, ce qui jusque-là me paraît normal, ricana Lisa gentiment.

– J'ai vu Cafard avec une femme que je ne connais pas.

– Quoi ! Cafard ? ajouta Marine. Mais tu es sûr que c'était lui ?

Sacha avait du mal à y croire lui-même et se demandait s'il n'avait pas rêvé. Et pourtant non, se dit-il, c'était bien lui, mais que faisait-il là ?

– Et tu l'as vu partir dans quelle direction ? lui demanda Lisa.

– Hé ben, ils ont traversé le couloir... et ils ont disparu... par une porte, dit Sacha en bafouillant.

– Tu en es sûr ? demanda Lisa.

– Oui... enfin je crois, ajouta-t-il.

– Bon ! Pour être plus sûrs, nous allons aller voir par nous-mêmes. J'ai une idée. Marine tu passes la première, tu ouvres la porte tout doucement et tu regardes s'il y a quelqu'un, proposa Lisa.

– Tu as perdu la tête ! Tu me vois taper à la porte, toc- toc c'est moi, je cherche la plume et le professeur Cafard... vous ne les auriez pas vus ?

– Bon, tu as raison, ce n'est pas une bonne idée. Mais alors, que faire ?

***

Les trois jeunes gens s'accordèrent un moment de réflexion pour trouver un moyen de s'immiscer dans les pièces du blockauss sans se faire remarquer. Au bout d'un certain temps, Sacha fit remarquer que l'idée de Lisa pouvait être une solution à leurs problèmes, en rentrant discrètement et observant toutes les parties du bâtiment. Car si les fantômes pouvaient passer partout, pour eux c'était un peu plus compliqué de se déplacer d'un endroit à un autre sans connaître les lieux.

– Je pourrais passer premier. Si je me fais choper, je dirai que je suis seul et pendant ce temps-là vous pourrez continuer les recherches. Qu'en pensez-vous ? proposa Sacha à ses amies.

Les filles se regardèrent. Marine ajouta :

– Je pense que tu as raison et qu'il faut que quelqu'un de nous trois se désigne pour passer devant. Alors oui, je suis d'accord avec toi Sacha, tu dois ouvrir le chemin des éclaireurs, car c'est toi l'homme de la situation.

– Ben voyons ...ironisa Lisa. Tu ne serais pas un peu vieille France ?

– C'est vrai ! Mais tu sais, c'est mon éducation qui me vaut ça, répliqua Marine d'un air amusé.

– Bon les filles, je ne veux pas vous déranger, mais il faudrait peut-être bien prendre une décision, on ne va pas rester ici éternellement...

– Bien chef ! lui dirent-elles.

Sacha prit les devants, ouvrit lentement la porte du cagibi et regarda autour de lui si personne n'arrivait. La voie était libre. Il fit un geste de la main pour avertir ses amies de le suivre sans faire de bruit. Marine passa la première, puis Lisa. Arrivé devant l'entrée de la pièce où les enfants avaient traversé le mur comme par enchantement, Sacha posa sa main sur la poignée et franchit doucement l'accès avec une très grande prudence. Il fit signe à ses amies pour leur dire qu'elles pouvaient avancer sans crainte. Et là, ils tombèrent nez à nez sur un des fantômes qui leur demanda ce qu'ils cherchaient. Avec étonnement, Marine aperçut Jordy. Ce garçon n'était-il pas son meilleur ami ?

– Toi ? lui dit-elle. Mais que fais-tu ici avec des fantômes ?

– Je suis comme eux Marine, ou presque, ajouta-t-il. Je t'ai cherchée partout, j'ai demandé à ta nourrice où je pourrais te trouver. Elle n'a jamais voulu me répondre. Elle m'a dit une seule chose, c'est que je n'étais pas de ton monde et que si je voulais te revoir, il fallait que je disparaisse. Ce qui m'a laissé perplexe sur le coup. C'est alors que, quelques mois plus tard, sans savoir ce qui se passait, je me suis retrouvé ici !

– Mais tu es mort, Jordy ?

– Non, justement, je ne suis pas mort comme les autres. Eux, ils attendent la lumière, moi pas. D'après ce que l'on ma dit, ça viendrait de ta grand-mère.

– Je n'ai pas de grand-mère ! dit-elle.

– La mère Gratter est ta grand-mère, et je pense que c'est elle qui m'a envoyé là avec ses pouvoirs magiques. Ça doit être pour une mission, que d'ailleurs je ne connais toujours pas. En tout cas, ça me fait plaisir de te voir, depuis le temps que je suis ici avec ces fantômes qui croient que je suis comme eux. Pendant ce temps, mes parents sont persuadés que je suis à la maison bien sagement. Alors que je suis partagé en deux. Qui peut dire que je suis chez moi et ici en même temps ? Mais tu sais, Marine, je me moque bien de ce qu'elle m'a fait. Ce que je voulais, c'était avoir la chance de te retrouver. C'est vrai que j'étais loin de me douter de te revoir dans un endroit pareil... Mais aujourd'hui plus rien ne m'étonne.

– Tu n'es peut-être pas étonné, mais moi si. Déjà de te voir ici et que tu m'apprennes que ma nourrice est en fait ma grand-mère !

La jeune fille était abasourdie par ce qu'elle venait d'entendre. Ses amis ne savaient pas trop quoi penser de ces retrouvailles, mais ils craignaient de se faire prendre s'ils ne partaient pas au plus vite de cet endroit plutôt spacieux, où n'importe qui pouvait à tout moment entrer par une des nombreuses portes.

– Dis-moi Jordy, si tu n'es pas un fantôme, tu pourrais peut-être nous aider, répondit Marine.

– Plus tard et ailleurs qu'ici ! insista Lisa, pas très rassurée.

– Oui, tu as raison Lisa, rétorqua Marine. Est-ce qu'il y aurait un endroit tranquille pour discuter, Jordy ?

– Venez, suivez-moi.

Ils se précipitèrent dans le fond de la salle et passèrent sous un porche pour retrouver une petite pièce qu'ils avaient déjà empruntée dans la matinée. Et là, sans attendre plus longtemps, Marine questionna son ami sur la plume magique.

– Il faut que tu saches que depuis que je suis au *Centre des Rossignols*, j'ai appris que je pouvais me téléporter et je suis quasiment sûre que c'est pour cette raison que la mère Gratter ne voulait plus de moi chez elle. Et maintenant, je suis dans une école très particulière avec des nouveaux amis...mais on en parlera plus tard, pour l'instant il faut que l'on t'avertisse qu'on nous fait du chantage pour une plume magique, qui, soi disant, serait en ma possession. Il paraît qu'elle écrit des livres toute seule...enfin bref, cette plume je ne l'ai pas, et je ne l'ai jamais vue.

***

Les trois jeunes gens racontèrent au moins pendant trois-quarts d'heure leurs soucis à propos du roman *Le Rallye de l'Effraie* et pourquoi ils s'étaient retrouvés dans ce domaine de morts-vivants. Jordy réfléchit un instant en se passant la main dans les cheveux et il leur proposa de retourner au foyer pour en savoir plus. Pendant ce temps, il s'infiltra dans un groupe de fantômes qui lui paraissait depuis quelque temps très suspect.

– Vous devriez rentrer avant que l'on s'aperçoive de votre absence, dit-il.

– Bon, qu'est-ce qu'on fait ? demanda Sacha, qui écoutait et surveillait la porte en même temps. Je pense qu'il a raison, on reviendra demain...

Marine voulait en savoir plus sur cet endroit rempli de fantômes. Alors, elle insista auprès de Jordy avant de partir avec ses amis.

– A quoi servait ce bâtiment dans le passé ?

– D'après ce que l'on m'a dit, c'était des immeubles pour enfants... plus exactement, pour des ados qui avaient des problèmes de comportement.

– Des cas soc' ? ajouta Sacha.

Jordy le regarda d'un air étonné.

– On va dire ça comme ça... mais par chez nous on les appelle des jeunes avec des problèmes familiaux.

Gêné, Sacha ne dit rien et le jeune garçon continua d'expliquer pourquoi ces bâtisses avaient été abandonnées et quelle était leur histoire.

– Bon alors, je disais... un jour le feu s'est déclenché et tout a brûlé. Sauf certaines bicoques qui se trouvaient un peu plus haut que le centre. Pour le reste, il n'y avait plus rien...

– Et les enfants, que sont-ils devenus ? demanda Marine.

Jordy avait beaucoup de mal à dire que les jeunes avaient péri dans l'incendie.

– Ils sont décédés. Les flammes les ont emportés. Bon ! Et puis un jour une entreprise est venue pour refaire des bâtiments, non pas pour des enfants, mais pour des expériences... des laboratoires...mais ça n'a pas duré, ils sont tous partis et j'ignore pourquoi. Tout ce que je sais, c'est que les fantômes qui se trouvent dans cet immeuble sont les ados qui étaient là avant. Ainsi que les éducateurs et toutes les autres personnes qui se trouvaient ici au moment du drame.

– Ils ne veulent pas partir vers la lumière ? s'inquiéta Lisa. Normalement c'est comme ça qu'ils font, les fantômes.

– Oui, paraît-il, ajouta Jordy. Mais ils s'estiment encore bien jeunes, et les adultes ne veulent pas les laisser seuls.

– Alors, si je comprends bien, ils vont rester là tout le temps, même quand nous ne serons plus de ce monde ? ajouta Marine.

– Ils veulent pouvoir faire tout ce que nous, nous faisons... être encore des êtres humains !

– Je suis sûr que c'est un d'eux qui nous fait du chantage, répliqua Sacha.

Jordy pensa que le garçon avait raison, mais avec un problème : les fantômes ne passent qu'à travers les murs. Et ils n'ont pas le pouvoir d'écrire.

– Il y a un souci dans ce que tu dis, Sacha, ils n'écrivent pas, comme beaucoup de choses d'ailleurs qu'ils ne peuvent pas faire. En tout cas pas à ma connaissance.

– Ben alors, ce n'est pas ici qu'on trouvera le maître-chanteur ou la plume, intervint Lisa qui était restée muette depuis un bon bout de temps. Ce que l'on peut faire, c'est de prospecter dans notre pensionnat. Je suis sûre qu'il y a la personne que l'on recherche.

– Lisa a raison, on n'en reparle plus tard, proposa Jordy. Et moi, je vois de mon côté ce que je peux faire.

Les trois adolescents acquiescèrent. Et oups, en un rien de temps, ils avaient disparu et ils atterrirent dans le parc, près du foyer des filles...

– Ouf, personne aux alentours, grogna Lisa qui commençait à prendre racine chez les chelou. Alors, si j'ai bien compris ce que nous a dit Jordy, ce sont bien des fantômes. Mais ça, je crois que l'on s'en est tous aperçus. Reste à savoir si ce sont des fantômes qui écrivent. D'après ton ami, Marine, c'est non ! Alors si c'est non, qu'est-ce qu'ils pourraient bien faire d'une plume s'ils ne peuvent pas l'utiliser ? Et si on faisait une enquête dans le *Centre des Rossignols*... peut-être qu'après tout, ils n'ont rien à voir là-dedans. Ça pourrait-être un des pensionnaires de chez nous... ou alors... un adulte... pourquoi pas ?

– Et tu penses à qui en disant ça ? demanda Sacha.

– Vous n'avez pas trouvé ça curieux, de voir Cafard chez les chelou ? dit-il.

– Mais on ne l'a pas vraiment vu ! Tu l'as vu, toi, Marine ?

– J'ai aperçu deux silhouettes, à part ça, rien d'autre.

– Quoi qu'il en soit, je propose d'en parler plus tard. Regardez qui arrive, fit Sacha en baissant la tête.

C'était Cafard, accompagné de cette femme forte, grande et brune qui était dans le blockauss des fantômes une heure auparavant. Ils s'approchèrent des jeunes gens et leur demandèrent ce qu'ils faisaient, cachés derrière les buissons.

– Que cherchez-vous dans un endroit pareil ? leur dit-il. Vous jouez à cache-cache ?

Les adolescents ne voulaient pas prendre le risque que Cafard découvre ce qu'ils cherchaient. Sacha, qui avait sympathisé l'autre jour avec le professeur du pouvoir, prit la parole en premier.

– Non Monsieur, Marine a perdu son bracelet et nous pensions qu'il pouvait être par là... mais nous allions partir manger, dit-il.

***

Cinq minutes plus tard, Marine et Lisa rejoignirent leur foyer et Sacha fit de même pour aller dîner. Avant de se séparer, le garçon fit un signe de la main à ses amies et leur dit :

– Vous continuerez à chercher pendant que je ne serai pas avec vous, OK ? Et si vous trouvez quelque chose, envoyez-moi un message vocal à la plume. A plus.

– T'inquiète Sacha, si on a du nouveau, on te prévient, ajouta Marine.

De leur côté les filles s'interrogèrent sur le fait que Cafard était toujours là où elles ne l'attendaient pas.

– Tu ne trouves pas ça curieux, Marine, que l'on tombe à chaque fois sur le prof quand on va quelque part ? remarqua Lisa.

– C'est justement à quoi j'étais en train de penser. A mon avis, il faut aller voir de ce côté-là, et pour ça, il faut le surveiller, quitte à le suivre...

– Je propose que l'on aille d'abord manger et on verra après.

Et toutes deux allèrent dîner...

***

Chapitre 6

Les Vacances de Noël

Avec tout ce remue-ménage, les adolescents avaient beaucoup de mal à trouver le responsable de cette fameuse plume. Ce qui n'était pas surprenant avec les cours et le roman du *Rallye de l'Effraie.* Il ne leur restait que les week-ends pour leurs recherches. Mais ils savaient que pendant ce temps-là, Jordy enquêtait dans les blockauss de l'ancien centre. Et ce n'est qu'un mois plus tard, lorsque les vacances de Noël commencèrent, que les trois amis eurent plus de temps et surtout d'occasions pour poursuivre celui qui les menaçait et continuer ce livre qui leur avait apporté tant de problèmes. Il n'y avait plus grand monde au *Centre des Rossignols.* Certains passaient les fêtes dans leur famille d'accueil et d'autres restaient au foyer. Marine ne pouvait pas aller chez la mère Gratter, pour toujours la même raison, et cela l'arrangeait fortement. Après ce qu'elle avait fait à Jordy et tout ce qu'elle savait sur elle à propos de ses origines, la jeune fille n'aurait pas eu le courage de la regarder en face. Quant à Lisa et Sacha, ils trouvèrent une excuse pour être présents la semaine du réveillon du jour de l'an avec leur amie. Pendant la première période, Marine continua d'écrire son manuscrit et essaya de ne plus penser à toute cette histoire. Mais la jeune fille était très têtue et n'arrivait pas à se concentrer sur son livre. Elle voulut savoir où en était son ami avec les fantômes. Elle se téléporta de l'autre côté jusqu'au cagibi. Oups ! Et, par chance, en ouvrant la porte en silence, elle vit Jordy dans le couloir, face à elle.

– Que fais-tu ici ? lui dit-il, en paraissant avoir peur pour elle.

– Je voulais savoir ce que tu avais trouvé comme renseignement.

– Rien, pour l'instant ! Et toi ?

– On a un doute sur notre professeur Cafard... mais sinon rien de plus.

– Comment il est fait ton Cafard ? fit Jordy avec un petit sourire moqueur.

– Je comprends que ça te fasse rire ! Mais si on l'appelle Cafard, c'est à cause de sa présence inattendue. Il est toujours là quand on ne s'y attend pas. Pour répondre à ta question, il est de taille moyenne, a des épaules carrées, les cheveux très courts et bruns. Ah oui, j'oubliais, il est toujours en jeans et souvent avec des chemises de couleurs vives.

Jordy réfléchit un instant et dit à Marine :

– Ha ben oui, bien sûr ! Je sais qui il est ! Il a le pouvoir de se déplacer partout...

– Tu m'étonnes, on s'est déjà téléportés ensemble pour aller dans son bureau ! ajouta Marine.

– Oui mais lui, il passe aussi à travers les murs, et je crois bien qu'il a d'autres pouvoirs, rétorqua-t-il.

– Si je comprends bien, il n'y a pas que des fantômes ados dans ce centre.

– Non, bien sûr que non, il y a aussi des adultes vivants et morts. Mais avec des capacités féeriques plus importantes que les *Rossignols*. Enfin, de ce que j'ai entendu dire. Au fait, tu es vraiment sérieuse quand tu dis qu'il pourrait être responsable de toute cette histoire ?

– Un jour que l'on était au lycée, et je crois bien d'ailleurs que c'était le premier jour d'école, on n'a pas eu le droit de rentrer dans la salle des profs. Tu me connais, je suis curieuse et têtue. Eh bien, pendant que je discutais avec des gens qui réglaient une sono, Lisa a écouté, tout à fait par hasard, une conversation dans une pièce à côté. Apparemment, elle aurait entendu Cafard, qui est notre prof du pouvoir, parler avec une femme de la plume magique et des bâtiments d'ici.

Jordy regarda son amie d'un air curieux et étonné. Il lui dit :

– C'est ouf, ce que tu me dis là ! Mais maintenant que tu en parles, c'est vrai que je l'ai toujours trouvé chelou avec ses allées et venues. Tout ça me fait comprendre pourquoi je suis ici et ce que je dois ramener à ta nourrice.

– Que veux-tu dire ?

– Eh ben, c'est simple ! La mère Gratter se sert de moi pour que tu m'aides à récupérer cette fameuse plume. Elle savait que l'on se retrouverait.

– Sauf qu'il y a un petit problème ! Je ne sais pas où elle est, et je ne l'ai même jamais vue.

Jordy prit la main de Marine qu'il entraîna avec lui.

– Viens avec moi, dit-il.

La jeune fille suivit son ami à grands pas silencieux. Ils arrivèrent sous un porche. Devant eux se dressait une porte où était inscrit sur un panneau blanc : Entrée interdite à tout public.

– Mais qu'est-ce que l'on fait là, Jordy ?

– J'ai vu l'autre jour Cafard rentrer par cette porte et je pense y trouver la réponse à nos questions. Attends-moi là, je reviens, ce sera plus prudent si j'y vais seul. Et fais attention à toi, il y a beaucoup de fantômes qui se promènent dans les couloirs. Tu ne les verras pas forcément, mais eux te verront et ils iront tout raconter aux responsables.

***

Il ne voulait surtout pas prendre le risque que le prof découvre Marine ici. La jeune fille resta donc dans un passage peu fréquenté en attendant que Jordy mette la main sur quelque chose qui pourrait les aider dans leur recherche. Elle se glissa dans le recoin d'une fenêtre qui se trouvait à proximité de la porte et que son ami avait emprunté.

Un quart d'heure s'était écoulé et l'adolescente commençait à s'impatienter en ne le voyant toujours pas revenir. Au bout d'un certain temps, le jeune homme fit son apparition comme par enchantement à travers le mur... Comme les chelou.

– Je commençais à m'inquiéter ! lui dit-elle, affolée de son attente si longue. Alors... Qu'est-ce que tu as trouvé ?

A ce moment-là, un homme plutôt grand, d'une quarantaine d'années, fort de corpulence, avec une barbe noire, sortit de la même façon que son ami. Il dit à Marine, très poliment :

– Bonjour Marine, Jordy vient de me confier que tu serais à la recherche d'une plume ? Je lui ai dit que ce n'était pas ici que tu la trouverais. Tu es dans un ancien centre de délinquants qui a été abandonné il y a bien longtemps maintenant. C'était le jour où tout a brûlé. Tu ne trouveras que des fantômes, ou presque. Laisse-moi te donner un conseil. Retourne chez les *Rossignols* avant d'avoir de sérieux problèmes.

Et le grand bonhomme partit en saluant les deux jeunes gens de la main. Dès qu'il eut disparu, Marine regarda Jordy, très mécontente, et, avant qu'elle lui dise quoi que ce soit, il lui expliqua pourquoi il en avait parlé.

– Ecoute Marine, je peux t'assurer que l'on peut lui faire confiance. Mais je te rassure, je ne lui ai rien dit de ton prof. Tu sais, je n'avais pas bien le choix, je suis tombé sur lui sans m'y attendre.

La jeune fille resta silencieuse. Le garçon eut un moment de gêne.

– Regarde-moi pas comme ça, dis moi quelque chose.

Elle l'observa et lui répondit tout bas :

– J'ai l'impression de ne plus te connaître, dit-elle.

– Tu te trompes, Marine, je n'ai pas changé… sauf qu'aujourd'hui ça fait quatre mois que je suis enfermé à cause de ta nourrice. Si je ne lui avais pas demandé où tu étais, je suis sûr qu'elle ne se serait pas servie de moi pour retrouver ce qu'elle me demande. Alors, tu vois, si je pouvais sortir d'ici avec toi, je le ferais sur-le-champ. Mais tant que je n'aurai pas trouvé ce que me demande la mère Gratter, je serai condamné à rester là ! Elle m'a promis que je reprendrais une vie normale quand je lui aurai ramené ce qu'elle veut. Je t'ai cherchée chaque jour. Je croyais que je ne te reverrais plus. Si tu n'avais pas franchi ce mur nous ne nous serions jamais revus.

– Je suis sûr qu'elle veut la plume ! affirma Marine. Et on va mettre tout en œuvre pour la trouver. Pour moi, c'est la seule évidence pour que tu sortes de ce traquenard. Quant à moi, il faut que je termine d'écrire le roman de mon ami, ainsi que le mien.

– Tu veux dire que tu me fais confiance à nouveau ?

Marine prononça un oui qui faisait penser à une petite confiance. Jordy lui lança un timide sourire sans rajouter un mot.

– Si tu peux m'assurer que l'on ne risque rien. Au fait, pourquoi il m'a dit de retourner aux *Rossignols* avant d'avoir des soucis ? Je pense que ton ami en sait plus qu'il n'en dit.

– Tu ne fais confiance à personne ?

– Depuis cette lettre anonyme du maître-chanteur et cet homme dans le parc qui nous filmait, je dois dire que non !

– Tu as sûrement raison et moi je suis encore trop confiant. Avec ce qui m'est arrivé, je ne devrais pas. Je te propose de repartir de l'autre côté et on se retrouve après Noël pour faire le point. Comme ça, on prendra beaucoup moins de risques.

***

Les deux jeunes gens se séparèrent. Marine se téléporta directement dans sa chambre et continua d'écrire *le Rallye de l'Effraie*, en essayant de ne plus penser à la plume, ce qui fut très difficile pour la jeune fille. Mais, malgré tout, chaque jour elle se plongeait dans son roman, ce qui lui permettait de patienter jusqu'au retour de ses amis. Elle en profita pour faire plus ample connaissance avec les quatre autres filles qui restaient au foyer. C'est sûr qu'il n'y avait pas autant de mouvements qu'avec ses amis, mais la semaine s'écoula très vite, surtout quand elle restait assise à son bureau pendant des heures à écrire son livre. Mais elle passa aussi beaucoup de temps à bavarder sur des sujets un peu plus sérieux qu'à son habitude, ce qui n'avait pas l'air de lui déplaire non plus. C'est à la veille de Noël que Christelle vint la sortir de son manuscrit pour qu'elle vienne donner un petit coup de main à la préparation du repas. L'adolescente était très contente de s'occuper de la cuisine toute l'après-midi et de faire la décoration des petits plats. Il faut dire qu'elle aimait beaucoup le travail manuel. Le soir venu, tout le monde se mit autour de cette table que la jeune fille avait décorée avec goût, en couleurs rouge et or. C'était bien la veille de Noël, et Marine était plutôt fière d'elle en regardant sa décoration, ainsi que la dinde aux marrons posée sur cette magnifique nappe dorée. A la fin de la petite fête, elle alla se coucher très tôt en pensant à ses amis qui devaient bientôt rentrer de chez leurs parents adoptifs. Ils lui manquaient beaucoup et elle aurait bien aimé être avec eux pour ce jour si merveilleux. Mais la vie est ainsi faite.

Le lendemain matin, tout le monde se hâta pour aller voir ce qu'il y avait sous le sapin. Quant à Marine, elle n'était pas pressée car elle savait qu'elle n'allait pas recevoir de cadeaux.

– Approche-toi Marine, tu as aussi des cadeaux qui t'attendent.

Lorsqu'elle s'avança, Marine fut très étonnée. Elle retourna tous les paquets pour en trouver deux étiquetés à son nom, dont un qui lui paraissait plus petit. Elle se demanda ce qu'il pouvait bien contenir pour être aussi minuscule. Mais, malgré sa curiosité, la jeune fille préféra attendre et passer au plus gros, qui s'avérait être une boîte de chocolat, identique à celle des autres filles. Plus tard, l'adolescente finit par ouvrir le second paquet, qu'elle déchira plus délicatement que le premier. Il devait sûrement être plus fragile à cause de sa taille. Il se révéla être une plume blanche !

A ce moment-là, Christelle cria :

– Joyeux Noël à vous, les filles !

Marine fut surprise. La seule pensée qui lui vint à l'esprit fut de savoir si c'était la plume magique qu'elle recherchait. Spontanément, elle demanda à l'éducatrice :

– Tu sais qui m'a envoyé ce paquet ?

Christelle fut stupéfiée que la jeune fille lui pose une question si inattendue pour un jour comme aujourd'hui.

– Pourquoi cette question ? Tu devrais être contente d'avoir un cadeau, dit-elle, tout en regardant ce qu'il y avait dans la boîte. Ha ! Je dois dire que c'est une drôle de surprise, ça ne me serait jamais venu à l'idée d'offrir une plume pour des étrennes. Mais quoique, elle a peut-être une particularité pour tes cours de littérature...

L'adolescente eut l'air ébahi en écoutant l'éducatrice. C'est alors qu'elle se demanda si elle était au courant de leurs escapades interdites de l'autre côté du mur. Bizarre ! Elle prit l'objet dans ses mains et le regarda sous tous les angles. Quand-elle voulut le reposer dans son écrin, elle aperçut un petit mot à l'intérieur. Il était écrit : «Fais-en bon usage et joyeux Noël.» Christelle, qui était en train de la regarder faire, lui proposa d'aller la tester.

– Tu devrais l'essayer et tu seras fixée, lui dit-elle.

– Tu as raison Christelle, j'y vais tout de suite.

Marine se précipita dans sa chambre, sortit une feuille de son classeur et commença à écrire son prénom. Tout à coup, cet objet si particulier sauta de ses mains pour voler autour d'elle et revenir sur son bureau afin de noter en deux temps-trois mouvements : Joyeux Noël. La jeune fille fut impressionnée par la rapidité et l'aisance de l'écriture. Elle comprit très vite quel était le pouvoir de la plume.

***

Cette nuit-là, elle eut beaucoup de mal à s'endormir. Même s'il restait peu de temps avant que ses amis ne reviennent de vacances, elle était très impatiente. Le lendemain matin, elle se leva de bonne humeur en pensant à Lisa et à Sacha qui devaient arriver dans l'après-midi. Elle alla faire sa toilette avant de rejoindre la salle à manger pour déjeuner avec les pensionnaires du foyer. C'est alors qu'elle entendit crier « Joyeux Noël, Marine ! » Ses amis avaient apparemment écourté leur séjour. Ses yeux se mirent à pétiller et elle sauta de joie!

– Tu ne peux pas savoir comme on est contents de te revoir, Marine, lui dit Lisa. Tu nous as manqué pendant toutes ces vacances. Est-ce que tu as reçu une autre lettre pendant notre absence ?

– Non, mieux encore. Mais je vous raconterai plus tard. Et toi, Sacha, qu'est-ce que tu fais là? On ne t'a pas vu entrer ?

– Si, mais l'éducatrice a eu la gentillesse d'accepter que je te fasse une surprise. A condition que je ne reste pas trop longtemps.

– C'est trop kiffant !

– Tu t'es dévergondée depuis la dernière fois que l'on s'est vu, ricana Sacha.

– Non je rigole, lol... Je suis tellement heureuse de vous voir tous les deux que tout est permis aujourd'hui. Soyons fous, c'est encore les vacances et on a du pain sur la planche.

Lisa voulait en savoir plus sur les vacances de son amie au foyer.

– Dis-moi, Marine, comment c'était une semaine toute seule sans tes amis ? lui dit-elle, taquine.

– Oh, t'inquiète, je n'étais pas toute seule. Il y avait les filles du centre et Christelle. Au fait, j'allais oublier le principal. J'ai eu un super cadeau de Noël.

– Ha oui et c'est quoi ? Tu nous montres ?

Marine les amena dans la chambre et tira de son bureau l'écrin où il y avait la plume. Elle ôta le couvercle...

– Houa... je n'y crois pas ! C'est bien ce que je pense ? ajouta Lisa.

Les deux jeunes gens n'en revenaient pas.

– C'est la plume magique ? demanda Sacha, très étonné. Alors, si je comprends bien, on va pouvoir la donner au maître-chanteur et être tranquilles pour écrire *Le Rallye de l'Effraie*. Très content que tout se termine.

Marine ne voyait pas les choses comme ça car elle y avait mûrement réfléchi. Si cette plume lui avait été offerte pour Noël, c'était bien qu'elle devait lui appartenir. Telle était sa déduction. La jeune fille ne savait pas quoi faire pour régler cette affaire qui la perturbait vis-à-vis de ses amis, et surtout de Sacha. Après tout, le roman du Rallye de l'Effraie était à lui, et si l'on s'en tenait à l'idée du jeune homme : refaire une histoire déjà écrite pour la transformer en fantastique...pourquoi pas ? L'adolescente pouvait s'en sortir, à condition de garder cette chose magique avec elle. Mais pour ce qui était du maître-chanteur... Comment régler ce problème avec le professeur Cafard ou le directeur du lycée, qui eux, ne leur feraient sûrement pas de cadeau ? Car il était tout à fait probable qu'ils viendraient à le savoir. Tous leurs efforts, au risque de se faire prendre, tomberaient à l'eau. Et ça, la jeune fille ne le voulait surtout pas de peur de se faire renvoyer et, de plus, de ne plus pouvoir écrire. Elle s'était trouvé une passion que jusqu'à maintenant elle ne connaissait pas.

– Hé ho Marine ! Tu es avec nous ? s'inquiéta Lisa. A quoi tu penses, il y a quelque chose qui ne va pas ?

– Ben, c'est-à-dire... j'aimerais bien savoir qui m'en a fait cadeau, et pourquoi ? Et ce n'est pas tout ! Si je donne la plume au maître-chanteur, je ne pourrai pas écrire beaucoup de livres. D'après ce que j'ai compris, je devrais avoir un don supplémentaire. À mon avis, c'est celui-ci ! Regardez, je vais écrire *le Rallye de l'Effraie* et vous comprendrez.

Ses amis étaient impatients de voir comment cet objet fonctionnait. Sacha se pencha sur la feuille que Marine avait sortie de son bureau. Lisa avait les mains sur les hanches, comme pour dire : « Moi, je n'y crois pas. » La jeune fille commença à écrire *Le Rallye de l'Effraie*. A ce moment-là, la plume tourna sur elle-même et se posa délicatement sur le papier blanc, en inscrivant le titre du roman à une vitesse grand V. Incroyable ! Les adolescents n'en revenaient pas. Ils étaient bouche bée.

– Ben ça, alors ! Je te comprends Marine, ajouta Lisa, ébahie par ce qu'elle venait de voir. Après tout, cette plume est la tienne. Si on m'avait fait un cadeau pareil, je ne voudrais pas m'en séparer... et sûrement pas le donner à un étranger.

– Attendez, il faut bien se dire une chose, c'est qu'au départ, on était tous d'accord pour écrire ton livre, Sacha. Mais il y a eu cette lettre à propos de la plume que je n'avais pas à ce moment-là. C'est alors que l'on a voulu trouver le maître-chanteur ou la plume. Mais au jour d'aujourd'hui, je l'ai en ma possession. En même temps, il ne faut pas oublier que c'est un cadeau qui vient de je ne sais pas qui.

– Oui, mais ce n'est pas tout, fit Lisa. Il y a d'autres personnes qui veulent cette plume. La mère Gratter ! Et je suis sûre que c'est pour cette raison que Jordy est chez les chelou... Sans oublier le corbeau!

– Et si on en parlait au directeur, il pourrait peut-être nous aider ? suggéra Sacha.

– Alors, c'est fini ton livre ? lui demanda Marine, pas très convaincue.

Le garçon n'eut pas même le temps de lui

répondre qu'il vint une idée à Lisa.

– Ecoutez, on a encore une semaine de vacances, alors je vous propose de retourner de l'autre côté du mur, pour voir ce qui s'y passe, et avec un peu de chance on trouvera la solution à nos problèmes. Vous savez, c'est mieux que de rester là à se morfondre et de se poser des questions sans réponses.

– Tu as raison, ajouta Marine. On ira demain matin assez tôt. Il est un peu tard pour y aller aujourd'hui.

– OK ! concéda Sacha. De toute façon, c'est bientôt l'heure de manger et on risque de s'apercevoir de notre absence si on s'éclipse un jour comme aujourd'hui. Je rentre au foyer retrouver les copains, et on mettra les choses au point demain.

***

C'est après avoir passé une bonne nuit au foyer que les trois adolescents se retrouvèrent dans le parc du *Centre des Rossignols* pour se téléporter dans le cagibi des chelou. Marine éternua plusieurs fois. Elle tenait un sacré rhume et se demanda si c'était bien raisonnable de sortir par ce froid. Pour la centième fois, elle tournait et retournait dans sa tête le problème de savoir qui lui avait envoyé ce cadeau qui posait beaucoup de questions à elle et ses amis. Décidément, elle n'arrivait pas à croire à cette histoire, ce qui lui donnait un violent mal de tête.

– Que t'arrive t-il, Marine ? Tu as dormi en chaussettes à ce que je vois, plaisanta Sacha.

– Marine s'est réveillée avec un bon rhume ce matin, et la première chose qu'elle a faite, c'est de se faire un bon grog et de prendre une aspirine, répondit Lisa.

– Tu ferais mieux de rester au chaud pendant que nous continuons les recherches, lui proposa Sacha.

– Non, je te remercie, mais je ne supporterais pas de rester dans mon lit à attendre que vous reveniez.

Marine n'était pas très bien mais elle savait qu'elle serait encore plus mal si elle se retrouvait seule au foyer. Alors, ils partirent tous les trois en se téléportant aussi vite qu'une fusée pour se retrouver sur le lieu de leur rendez-vous habituel. Oups, les voilà arrivés.

Quand ils entendirent des voix dans le couloir, ils échangèrent un long regard terrifié.

– Vous croyez que c'était les fantômes ? murmura Lisa.

– Si c'était eux, ils n'ont pas leur langue dans la poche, remarqua Sacha.

– Bon, qu'est-ce qu'on fait maintenant ? demanda Marine.

Lisa ne supportait plus d'être serrée dans le placard à balais.

– Il faut sortir d'ici et retrouver Jordy qui sera sûrement le seul à nous aider, dit-elle.

Ils se dégagèrent en ouvrant la porte doucement. Sacha, qui était le plus près, s'avança le premier. Il regarda de droite à gauche pour voir s'il y avait encore quelqu'un. La voie était libre et le garçon fit un signe de la main à ses amies pour leur dire de le suivre. Ils avancèrent tout droit, à pas de velours, jusqu'à l'entrée de la grande salle où Jordy les avait emmenés la première fois. Et là, un bruit de bavardages qui semblait s'approcher les stoppa net. Ils se précipitèrent derrière un immense meuble en fer et ils s'accroupirent pour essayer d'apercevoir les personnes qui donnaient l'impression de papoter très sérieusement.

– Vous savez qui ils sont ? demanda l'un des fantômes à ses compères.

L'un des trois, qui portait des lunettes cassées, avec des cheveux blonds, coiffés en pic, lui répondit.

– D'après ce que j'ai compris, ils viennent du *Centre des Rossignols* et ils auraient une plume qui écrit toute seule et vite pour pouvoir rentrer dans l'histoire qu'ils auraient inventée... un truc de ouf !

– Pas si ouf que ça. Après tout, nous aussi on pourrait écrire une vie bien à nous. Eux, ils se téléportent et nous on passe à travers les murs. Donc on peut aussi traverser un bouquin qu'on aura écrit avec la plume magique.

– OK, mais pour ça il faut la trouver.

Le troisième des chelou, celui qui portait des lunettes, restait là sans rien dire, à les écouter.

– Pourquoi tu ne dis rien ? Tu devrais être content de penser que tu vas pouvoir refaire la vie que tu as ratée.

– Je pense que ce n'est pas si simple que ça. Je sais qu'ils n'ont pas besoin de cette chose magique pour avoir une nouvelle vie, mais nous oui.

A ce moment-là, une voix les interpella. C'était le professeur Cafard, qui avait entendu leurs propos.

– Il a raison, leur dit-il.

– Papa que fais-tu ici ? Tu m'avais promis que tu ne reviendrais plus.

Les deux autres fantômes se regardèrent, très étonnés.

– Papa ? dit l'un deux.

– Oui c'est mon fils ! Et j'attends de lui qu'il ait un comportement loyal envers son existence de fantôme, tout comme vous. Surtout s'il veut revivre une nouvelle histoire dans un livre pour retrouver une vie normale. Quant à la plume, je la cherche depuis que ce centre à brûlé, dit-il à son fils. Alors, avant qu'elle soit en votre possession, les garçons, elle sera d'abord à moi. Et quoi qu'il en soit, vous devez vous aussi faire vos preuves avant de recommencer les mêmes erreurs. Posez-vous la question. Pourquoi vous êtes-vous retrouvés dans ce centre de délinquants ?

***

Pendant ce temps-là, Marine, Lisa et Sacha, qui avaient tout entendu, n'avaient qu'une seule envie : exploser en entendant ce discours. Mais ils n'en firent rien, de peur d'avoir de sérieux problèmes. Lisa mit son doigt sous le nez de Marine qui était prête à éternuer. Ouf! se dit-elle. Ils attendirent qu'ils partent pour sortir de leur coin, ce qu'ils firent assez vite, d'ailleurs. Car au bout d'une dizaine de minutes à peine, les chelou avaient enfin quitté la pièce, donnant libre champ aux jeunes gens.

– Il faut prévenir Jordy. Atchoum ! Atchoum ! et tout lui raconter sur Cafard et... atchoum ! son fils, proposa Marine.

– Je crois que l'on a compris, dit Sacha.

– Et où veux-tu le trouver ? demanda Lisa.

Marine réfléchit un instant en reniflant et leur dit :

– Je pense savoir où il est.

– Je veux bien, répondit Lisa. Mais je propose que l'on se téléporte pour aller plus vite afin de ne pas se faire remarquer.

– OK ! On se téléporte dans la petite salle à café.

Oups ! Les jeunes gens se retrouvèrent dans la pièce où Jordy était en train de lire un magazine.

– Vous ? leur dit-il, très étonné et en colère. Mais que faites-vous ici ? Je préférerais que vous me donniez des nouvelles dans le cagibi, avec un mot planqué dans un coin, plutôt que de prendre des risques.

– Ben oui, tu me fais rire, si tu avais une plume comme la nôtre on pourrait communiquer ! lui répondit Lisa du tac au tac.

– Chez moi j'ai un portable, rétorqua t-il.

– N'oublie pas que tu es dans un autre monde et que tout est fantastique ou presque.

Marine, qui avait un peu de mal à parler, lui proposa de lui prêter sa plume jusqu'à la fin des vacances, car après elle en aurait besoin pour ses cours.

– Je te passe ma plume et tu me la rends pour la rentrée.

– C'est quoi cette plume, Marine ?

En parlant du nez, la jeune fille lui expliqua son fonctionnement. Le garçon s'inquiéta de son état de santé.

– Mais tu es enrhumée. Tu n'aurais jamais dû venir, Marine!

Jordy savait très bien à quel point son amie était têtue et il n'insista pas en la voyant tortiller du nez comme à son habitude quand elle n'était pas d'accord.

Pourtant le garçon avait pris beaucoup de caractère depuis qu'il vivait avec les chelou, ce qui déplaisait un tatillon à Marine, mais ce qui, malgré tout, excusait son comportement inhabituel, vu les circonstances.

– Quoi qu'il en soit, la prochaine fois on s'écrit. Au fait, qu'est-ce qui se passe ? Je vous trouve zarbi, leur dit-il.

– C'est notre prof Cafard qui veut la plume, on l'a entendu parler avec son fils qui est un fantôme et deux autres ados, ajouta Marine.

– Ça ne change rien, on ne sait pas où elle est.

– Si ! lui répondit-elle. Elle m'a été offerte pour Noël, avec un mot à l'intérieur de la boîte.

– Et qu'est-ce qu'il disait ce mot ?

– Fais en bon usage, joyeux Noël... sans signature.

– Mais c'est merveilleux, je vais pouvoir rentrer chez moi ! ajouta Jordy dans un élan de joie.

Les trois adolescents furent surpris par la réaction du garçon, et Sacha se demanda s'ils allaient pouvoir se sortir de cette situation où tout le monde était prêt à faire n'importe quoi pour avoir la plume magique. C'est alors que Marine prit les choses en main.

– Ecoutez-moi tous ! On est devant un gros problème. Toi, Jordy tu veux la plume pour partir d'ici. Cafard la veut aussi pour son fils. Quant au maître-chanteur, on ne sait pas qui il est... et moi, si on m'a offert ce cadeau c'est que je dois le garder. Mais ne t'inquiète pas Jordy, j'te sortirai de cette situation.

– Je suis désolé Marine, j'ne pensais qu'à moi, rétorqua Jordy.

Sacha, qui se sentait très mal à l'aise, voulut prendre la parole.

– Tout ça est de ma faute, et c'est pour cette raison que je vais aller en parler au directeur. Toi, Marine, tu gardes ta plume et tu fais ton choix. Si tu la donnes à Madame Gratter, Jordy est libre et il n'y aura plus de chantage...enfin si c'est elle. Bref, ma décision est prise et je ne veux surtout pas que vous m'en dissuadiez.

Après une longue discussion, Jordy et ses amis décidèrent de se séparer pour que, le lendemain, Sacha se dénonce au proviseur du lycée des *Rossignols* et que Marine donne la plume à son ami pour être libéré du centre des chelou.

Chapitre 7

Où est l'objet ?

Le lendemain, les adolescents étaient bien décidés à divulguer au directeur ce qui s'était passé durant ces quelques mois dans le lycée et chez les chelou. Mais surgit un imprévu quand Marine sortit l'écrin de son secrétaire et souleva le couvercle. La plume avait disparu. La jeune fille quitta sa chambre pour prévenir Lisa qui l'attendait dans le parc, assise sur un banc. A ce-moment-là, en passant devant le bureau, elle entendit des éducateurs murmurer et une voix qui lui sembla familière. Elle se hissa sur la pointe des pieds pour regarder par le hublot qui se trouvait sur la porte. A sa grande surprise, Christelle était en train de discuter avec la mère Gratter. Ben ça alors ! se dit-elle. Alors, elle se hâta pour aller retrouver son amie et tout lui raconter...

– Lisa... cria-t-elle. La plume a... disparu ! Ce que je ne comprends pas, c'est que je l'avais bien mise au fond de mon bureau pour que personne ne la trouve.

Son amie avait du mal à suivre la conversation de Marine, aussi elle lui demanda de se poser et de tout reprendre au début.

– Calme-toi, Marine, et parle plus lentement, avec ton rhume j'ai du mal à te comprendre.

Quand la jeune fille reprit ses esprits, elle expliqua ce qu'elle avait vu dans le bureau et ce qu'elle croyait avoir entendu à propos de la plume qui avait disparu.

– C'est chelou cette histoire. Tu es sûre de ce que tu dis ? Tu as peut-être mal compris ?

– Si j'te le dis ! J'ai bien vu ce que j'ai vu ! Et la plume a bien été volée !

Marine commençait à s'énerver car son amie avait beaucoup de mal à la croire.

– Ce qui veut dire que si on ne l'a plus, on n'a plus de preuve. Sacha ne doit pas aller voir le dirlo. Viens vite avant que ça soit trop tard.

Les filles allèrent retrouver leur ami en bas du foyer, pensant qu'il devait être avec ses copains en train de bricoler dans un petit hangar à vélo. Quand elles arrivèrent devant la porte qui était fermée à cause du froid, un garçon qui se trouvait là leur demanda sur un ton plutôt désagréable ce qu'elles voulaient. Mais les adolescentes ne se laissèrent pas impressionner et Lisa lui répondit très directement :

– Est-ce que tu pourrais aller chercher Sacha s'il te plaît, et vite, on est pressées.

– Ouai OK, c'est bon, j'y vais.

Cinq petites minutes plus tard, Sacha arriva dans un jean recouvert de cambouis.

– Hé ben, vous en faites une tête ! Qu'est-ce qui ne va pas, vous avez vu un fantôme ? Bon, ça va, je rigole. Lol.

Marine n'avait pas envie de plaisanter, et tout cela la mettait de très mauvaise humeur, ce qu'elle fit ressentir à Sacha !

– Tu ne crois pas si bien dire. J'ai vu la mère Gratter avec Christelle, et la plume s'est envolée. Alors, si on est là, c'est pour te dire de ne rien raconter au dirlo. Mais apparemment, tu m'as l'air préoccupé par autre chose.

– Bon ça va ! Je prenais un peu de bon temps dans la mécanique sur mon vélo. Tu ne vas pas m'en vouloir pour ça ! Ecoutez les filles, je vais me changer et on se rejoint au parc.

– OK, on t'attend là-bas, répondit Marine sur un ton plus calme.

Un quart d'heure plus tard, les trois jeunes gens étaient réunis pour aller au lycée, comme à leur habitude, sans être dérangés. Arrivés dans la cour de l'école où il n'y avait pas âme qui vive, ils s'installèrent sur un banc. Sacha commença par proposer d'aller tout dire au proviseur. Pour lui, c'était le seul en qui il pouvait faire confiance, et quitte à prendre toute la responsabilité sur lui si ça devait tourner mal.

– Non ! Il n'en est pas question ! On a commencé à trois dans cette histoire, et on finira à…Regardez-là-bas, il y a quelqu'un, qui…ajouta Lisa, sans avoir le temps de terminer sa phrase.

***

L'homme s'approcha d'eux. Ça ne pouvait pas aller plus mal. C'était le professeur Cafard, qui, sans les interroger, les conduisit dans le bureau du directeur où ils s'installèrent sur une chaise en silence. Les deux hommes leur demandèrent ce qu'ils étaient allés faire de l'autre côté du mur, sachant qu'il leur était interdit d'y aller. Aucun des trois ne répondit. Comment le sait-il ? pensa Marine. Elle qui croyait qu'ils étaient passés inaperçus. Elle n'arrêtait pas de se demander ce qu'elle allait bien pouvoir dire de leur escapade. C'est en y réfléchissant qu'elle s'aperçut qu'elle n'avait pas vraiment d'excuse, et d'ailleurs Lisa et Sacha non plus. Etant donné que s'ils parlaient du chantage à propos de la plume, ils seraient bien obligés de tout leur raconter pour le roman du *Rallye de l'Effraie* avant que le maître-chanteur ne le fasse. En outre, ils savaient très bien que c'était défendu de transformer une histoire déjà écrite et qui, de surcroît, n'était pas fantastique. A ce moment-là, l'enseignant sortit Marine de ses pensées et leur dit d'une voix plutôt sèche :

– Sachant qu'il est interdit d'aller chez vos voisins, et vous le saviez très bien, j'exige une explication claire ! Et sans de stupides balivernes ! Vous faites la honte du *Centre des Rossignols* et si vous continuez à désobéir, vous pourrez faire une croix sur votre voyage. Avez-vous bien compris ? Bon, maintenant je vous écoute !

Sans hésiter, Sacha voulut tout raconter. Mais Marine l'interrompit avant qu'il n'en dise trop.

– On ne voulait pas faire de mal, monsieur, juste voir par curiosité s'il y avait des élèves. Etre curieux n'est pas forcément un défaut.

Cafard en avait assez entendu et ne croyait pas un mot de l'histoire de la jeune fille. A ce-moment-là, ils leur demandèrent de retourner au foyer et de ne plus revenir avant que les cours recommencent. Il faut dire qu'ils avaient eu de la chance de ne pas être renvoyés et privés de voyage scolaire. Les adolescents partirent très rapidement avant que les deux hommes ne changent d'avis.

Après avoir quitté les lieux, ils se mirent à courir pour aller rejoindre leur foyer. Mais, avant de se séparer, ils discutèrent de ce qu'ils allaient faire à propos du maître-chanteur qui ne les laisserait sûrement pas tranquilles jusqu'à qu'il ait obtenu ce qu'il voulait. C'est alors que Lisa proposa de laisser passer les vacances et de continuer leur recherche à la rentrée des classes.

– Si les profs sont occupés, ils ne penseront plus à nous. Et pendant ce temps- là, on pourra se dispatcher plus facilement. Qu'en pensez-vous ? dit-elle.

– Bonne idée, Lisa ! Après tout, il ne reste qu'une petite semaine, répondit Sacha. Et toi Marine, qu'en penses-tu ?

Ce qui ennuyait Marine était de ne pas pouvoir prévenir Jordy. Comme la première fois, elle était partie sans lui avoir rien dit, et de plus, elle faisait encore attendre le garçon pour rentrer chez lui. Toute cette histoire la dépassait. Elle acquiesça pourtant à contre cœur. Après tout, si c'était le meilleur moyen d'arriver à ses fins, pourquoi pas ?

– Tu n'as pas l'air convaincue, Marine, lui demanda Lisa.

– Si, mais je pense à Jordy qui est tout seul avec des fantômes, et qui aimerait bien sortir de là-bas au plus vite.

Au bout de dix secondes, Marine se souvint d'une chose...

– Au fait, il a ma plume... c'est génial... Oui,

ben non. Comment je vais faire pour la rentrée ?

– Je te comprends, ajouta Lisa. Mais si on essaie d'aller chercher ta plume tout de suite, tu peux être sûre que l'on se fait attraper, et ça sera pire pour ton ami.

***

Sacha se proposa d'aller vite fait la récupérer. Sans crier gare, il se volatilisa en un rien de temps. Marine resta figée et bouche bée en voyant son ami disparaître comme une flèche. Quant à Lisa, ha bon, elle continua de rassurer son amie comme si de rien n'était.

– Mais ce qu'on peut faire en revanche, c'est, chacun de notre côté, faire des recherches en observant toutes les personnes qui pourraient être impliquées dans l'affaire. Et il faut surtout oublier d'aller chez les chelou pour l'instant. Allez, t'inquiète, la semaine passera vite.

La mine satisfaite, Marine remercia son amie pour son réconfort. Et, à ce moment, Sacha était déjà de retour.

– Tiens, Marine ! dit-il en lui tendant la plume qu'il avait récupérée auprès de Jordy. Ne t'inquiète pas, je lui ai raconté comment ça se passait de notre côté et que nous le reverrions après les vacances.

– Déjà ? demanda la jeune fille. Je te remercie

Sacha, mais il ne fallait pas prendre de risque.

– Sitôt dit, sitôt fait ! s'écria-t-il avec un grand sourire et content de lui avoir rendu service.

***

Les vacances étaient déjà terminées, les adolescents retrouvèrent leur classe. Chaque jeudi après-midi, un petit groupe de lycéens se retrouvaient dans les bois pour leur cours de RETROPELET, dont Marine, Lisa et Sacha faisaient partie. C'était aussi un lieu d'échange entre les élèves et les profs. Ensemble ils faisaient des courses pour arriver les premiers dans un retropelet. Marine qui était championne pour atterrir dans les arbres, ne laissait pas son voisin la dépasser. Ils appelaient ça de l'échauffement avant leur voyage dans l'espace ou ailleurs. Tout se passait à l'abri des regards indiscrets. Quatre jours par semaine, ils étudiaient le pouvoir de l'écriture avec Cafard. Quant aux autres matières générales, maths, géo, etc, ils s'en montraient beaucoup moins intéressés.

C'est pendant leurs heures creuses que les jeunes gens retournèrent chez les chelou, comme ce mercredi matin où tous les trois s'étaient téléportés à l'extérieur des bâtiments. Leur concentration devait avoir été mal orientée d'après ce que disait Lisa. Mais ce ne fut pas un problème pour eux et ils poursuivirent leur chemin en silence. Puis, alors qu'ils traversaient un petit pont dans l'enceinte des blockauss, Sacha, qui était passé devant, s'arrêta soudain.

– Que se passe-t-il ? demanda Marine.

– Regardez- là-bas... Il y a une bâtisse avec de la lumière et des rideaux aux fenêtres. On dirait une habitation.

– Ha oui, tu as raison ! Approchons-nous.

Ils avancèrent sans un bruit quand, tout à coup, ils virent une femme sortir.

– Mais c'est ma mère biologique que l'on a vue dans la maison du XVIIIème siècle ! cria Marine.

Dans un élan, Lisa mit sa main sur la bouche de son amie pour la faire taire. Mais celle-ci se dégagea en lui retirant son bras.

– Mais c'est bien elle, Lisa ! Regarde, lui dit-elle calmement.

– Oui, je l'ai reconnue, mais tais-toi, on va se faire repérer.

– Je suis sûre qu'elle sait des choses sur la plume, sinon qu'est-ce qu'elle ferait ici ? ajouta Marine.

– Chut, baisse-toi ! chuchota Lisa.

– On devrait se RETROPELET dans le cagibi. Ici je ne le sens pas, fit Sacha. C'est zarbi cette femme qui prétend être ta mère et qui se trouve comme par hasard chez les fantômes.

– Oui, c'est peut-être chelou, mais pour l'instant, on attend de voir ce qu'elle va faire. Ensuite on improvisera, proposa Lisa à voix basse.

A ce moment-là, ils furent surpris par une voix qui venait par derrière. Les adolescents se retournèrent brusquement, la peur au ventre.

– Vous ? répondit Marine, très surprise. Mais je ne comprends pas, on vient de vous voir en bas, et vous-êtes là.

– Non je ne me téléporte pas, Marine, mais permets-moi de te dire que je suis tout aussi surprise que toi de te voir ici.

La mère de la jeune fille avait apparemment pris un raccourci et leur avait fait une grande frayeur en les surprenant accroupis dans les feuillages. Elle leur demanda depuis combien de temps ils étaient là à l'observer. Sacha ne savait pas ce qu'il devait penser de cette irruption, et spontanément il lui posa la question qui le turlupinait juste avant qu'elle les débusque dans leur petit coin.

– Vous êtes qui ? dit-il.

– Je suis la maman de Marine… enfin… ce que je veux dire c'est que je suis sa mère biologique… et toi qui es-tu, je ne t'ai jamais vu ?

– Je m'appelle Sacha et je suis un ami de votre fille. Ce qui m'étonne, c'est que j'ai entendu parler de madame Gratter mais jamais de vous.

Cette discussion agaçait Marine qui changea de conversation et proposa de retrouver ce qu'ils étaient venus chercher.

– Moi aussi, j'aimerais bien en savoir plus sur vous et moi, mais aujourd'hui, nous sommes là pour tout autre chose, leur dit-elle.

– Suivez-moi, ajouta la mère de la jeune fille. Et je te raconterai ta naissance, Marine. Tu comprendras pourquoi, aujourd'hui, tu te retrouves avec tes amis dans une situation que tu aurais bien voulu éviter.

***

Sans hésiter, les trois jeunes gens la suivirent dans le blockauss d'où elle venait. Arrivée à l'intérieur, Lisa tint Marine par le bras car elle n'était pas très rassurée, puis elle lui chuchota à l'oreille :

– Je trouve cet endroit un peu chelou. Je me demande si on a bien fait de la suivre.

– Pour une fois, c'est moi qui te dis chut...

Il faut dire aussi que quand Marine avait peur, elle avait tendance à ne plus parler. Ce qui était plutôt rare chez elle.

– Rentrez ! insista la mère. Je suis désolée, mais je ne me téléporte plus depuis bien longtemps maintenant. Et puis un petit peu de marche à pied ne fait pas de mal, dit-elle d'un air amusé.

Ils rentrèrent dans une pièce presque vide qui paraissait aussi grande qu'une salle de bal. Ils prirent une chaise et s'assirent sans rien dire.

– Maintenant, écoutez-moi bien, et après, si vous avez des questions, je vous répondrai franchement, dit-elle. Bon, ben voilà ! Il y a maintenant dans notre famille plusieurs générations qui possèdent des pouvoirs, mais depuis une cinquantaine d'années, ils se sont damnés et ont été remplacés par le téléporter...

– Oui, mais ça, nous le savons déjà, répondit Marine.

– Oui, je le sais bien. Attends, Marine, je n'ai pas fini.

La jeune fille était impatiente, ainsi que ses amis, de savoir la suite, car jusqu'à maintenant elle ne leur apprenait pas grand-chose. Sacha avait tendance à regarder le plafond pour ne pas dire : Je m'ennuie. La femme continua son histoire.

– Ne vous inquiétez pas, j'y arrive, leur dit-elle. Je vous disais donc... nos pouvoirs ont été remplacés par le téléporter. Mais au jour d'aujourd'hui, Marine, tu as reçu en héritage une plume magique qui te permet d'écrire plus vite que la lumière sans que tu bouges le petit doigt. Je pense que tu as pu le constater pendant les vacances de Noël.

Les jeunes gens se regardèrent en ne sachant pas s'ils devaient lui parler.

– Que se passe-t-il, tu n'as plus la plume ? demanda-t-elle à Marine, très inquiète.

– Comment êtes-vous au courant pour la plume ?

Lisa, qui était à l'écoute, lui demanda d'une façon spontanée :

– C'est vous qui la lui avez offerte ?

Marine regarda sa mère, en attendant sa réponse.

– Oui, bien sûr, mais je croyais que tu le savais, Marine.

– Comment voulez-vous que je le sache, il n'y avait pas de signature.

– Oui, c'est vrai, je n'y pensais plus. Mais dis-moi, est-ce que tu l'as toujours ?

La jeune fille lui expliqua tous les problèmes que leur avait créés le roman du *Rallye de l'Effraie* depuis qu'ils avaient commencé à le récrire et qu'ils pensaient que la seule personne qui aurait pu prendre la plume serait le maître-chanteur. Mais comment avait-il fait pour rentrer dans la chambre et voler l'objet dans le bureau de Marine, sans que personne ne s'en aperçoive ? À moins qu'un mouchard n'ait rodé dans le foyer des *Rossignols* ? Là était toute la question.

– Ou alors, l'un des pensionnaires... ou les éducatrices ? suggéra Sacha qui n'avait plus les yeux rivés au plafond.

La mère de Marine n'était pas très convaincue de la suggestion du garçon. Mais ceci n'était pas non plus à exclure.

– C'est bien embêtant que tu ne l'aies plus, car maintenant il va falloir mettre tout en œuvre pour la retrouver. Sans oublier madame Gratter qui ne doit pas être innocente, dit-elle.

– C'est marrant ce que vous dites là, ajouta Marine. Parce que j'ai un ami qui se trouve chez les fantômes en ce moment, et c'est justement ma nourrice qui l'a téléporté jusque là-bas. Alors, il a accepté d'y aller pour avoir la chance de me revoir. Mais à la condition qu'il lui ramène un objet, mais il ne sait toujours pas lequel. À mon avis, c'est la plume, ça ne peut être que ça, et avec ce que vous venez de me dire, ça le confirme. Au fait, à propos de la plume, pourquoi la voulez-vous ? Si vous me l'avez donnée, c'est qu'elle est à moi.

***

C'est alors qu'elle lui raconta son histoire qui datait de plusieurs générations. Car cet objet magique, qui était tant recherché, se trouvait depuis la naissance de l'adolescente en sa possession, et personne autour d'elle ne s'en était douté. Mais avant cela, la plume appartenait à leur famille, et quand le père de Marine, était décédé, madame Gratter avait été bien décidée à faire tout ce qui était en son pouvoir pour se l'approprier, et de là, écrire la vie de son défunt fils. Cela avait été la raison de prendre en main l'éducation de sa petite-fille qui savait qu'un jour celle-ci la conduirait au bout de la plume.

– Si j'ai bien compris, madame Gratter est bien ma grand-mère, et Jordy avait raison. Ben ça alors ! C'est chelou ! Je suis sûre que c'est pour avoir la plume qu'elle a voulu m'élever...

– Oui, c'est vrai ! lui répondit sa mère. Quand tu es devenue une jeune adolescente, elle voulait que tu ne t'intéresses qu'au pouvoir de te téléporter. Mais elle s'est rendu compte que ta seule obsession était d'écrire ou de lire, au lieu de te retropelet pour avoir la plume. C'est alors qu'elle décida de t'éloigner d'elle, mais sans pour autant abandonner son projet de redonner la vie à ton père. Quant à ton ami, je ne savais pas pour lui, mais écoutez ! Je vais vous aider tous les trois à la retrouver...si vous-êtes d'accord bien sûr ? Tu sais, Marine, c'est un héritage très précieux pour notre famille.

– Pourquoi ne ferait-on pas revivre mon père ? Après tout, c'est mon père. Mais dites-moi, vous auriez pu récrire votre histoire avec moi après m'avoir laissée avec ma grand-mère.

– Ce n'est pas si simple Marine ! Parce que, au décès de ton papa, mon pouvoir a été annulé sans aucune raison. C'est ta grand-mère qui m'a obligée à signer les papiers de l'abandon en me disant que si je ne donnais pas mon accord, je ne retrouverais pas le don de me téléporter. Et je l'ai crue. Car j'étais si jeune ! Jusqu'au jour où je me suis aperçue que rien n'avait changé avec les années. Et je n'avais aucun moyen de me défendre contre elle pour te retrouver. Alors le temps a passé et je ne t'ai plus jamais revue, à l'exception d'il y a quelques mois, dans la maison du XVIIIème siècle, tout à fait par hasard. Quant à ta nourrice, elle n'a plus le pouvoir de se téléporter parce que lorsque l'on atteint l'âge de quarante ans, on ne peut plus changer notre histoire à travers un livre. Et si elle veut absolument la plume, c'est pour la donner à Christelle, ton éducatrice, qui elle, pourra écrire la nouvelle vie de madame Gratter et de son fils. Je suis persuadée que c'est la seule raison.

– OK ! Mais elle a bien téléporté Jordy chez les chelou ?

– Non, ce n'est pas elle, mais Christelle.

– Voilà pourquoi je les ai vues dans le bureau des éducatrices. Maintenant je comprends mieux. Et moi qui la croyais sympa, je suis déçue...

Les amis de Marine commençaient à s'inquiéter du temps passé, sans avoir trouvé un seul élément qui pourrait leur donner une piste. Sauf pour l'éducatrice qui n'était pas si clean que ça comme les jeunes gens pouvaient le penser. C'est alors que Lisa proposa de changer d'endroit pour faire avancer les choses.

– On ferait bien d'y aller, dit-elle en se levant de sa chaise avec un léger bâillement. Maintenant, nous sommes quatre, ce qui nous sera sûrement plus facile à trouver. Il ne faut pas oublier qu'il y a un homme, ou une femme, qui nous fait du chantage, et si on ne retrouve pas cette personne, vous pouvez être sûrs que l'on sera renvoyés du lycée, avec un aller simple, sans voyage scolaire, et ça serait bien de pouvoir éviter tous ces problèmes.

Marine hésita un instant, en tortillant une mèche de ses cheveux. Soudain, il lui prit l'envie de faire tout ce qui était en son pouvoir pour trouver le corbeau. Aussi suggéra t-elle à ses amis :

– Je propose d'aller faire un tour chez les fantômes. Jordy doit se demander ce que l'on fait. Il a peut-être quelque chose à nous apprendre.

– Je veux bien venir avec vous, mais il faudrait qu'un de vous me téléporte, gémit la mère de Marine qui craignait sa réaction.

Elle n'osait pas le demander à sa fille. Après un certain temps, Marine lui prit la main en la regardant tendrement. À ce moment-là, son visage s'illumina d'un large sourire… et oups.

Tous les quatre arrivèrent dans le cagibi qui était déjà bien trop étroit pour trois, mais cette fois-ci, c'était la boîte à sardines. Ils se retrouvèrent accroupis, sans pouvoir bouger le petit doigt. Et avant qu'ils entreprennent quoi que ce soit pour se sortir de là, ils restèrent figés en voyant la porte s'ouvrir doucement... et la tête de Jordy fit son apparition.

– Ha enfin, vous êtes là ! Je commençais à m'inquiéter en ne vous voyant pas arriver. Vous auriez pu me donner des nouvelles par un message dans le cagibi, leur dit-il en colère, mais tout de même rassuré de les voir.

Ils étaient soulagés de pouvoir se mettre debout et Marine s'excusa en lui racontant très brièvement leur retard.

– Je dois dire que je suis bien content de vous voir, ajouta-t-il. Mais, à ce que je constate, vous êtes une personne de plus.

– Oui, Jordy ! Je te présente ma mère, mais je te raconterai plus tard.

Le garçon regarda la maman de son amie avec un léger sourire timide et la salua de la tête. Celle-ci posa sa main sur son épaule et ajouta :

– Vas-y, on te suit.

Très vite, ils se téléportèrent dans un endroit tranquille, à l'abri des fantômes un peu trop curieux. Car si la mère Gratter, Cafard et le maître-chanteur voulaient la plume pour la même raison, pourquoi les chelou ne la voudraient-ils pas ? Et les voilà en train de se raconter ce qu'ils avaient trouvé chacun de son côté. Jordy commença le premier. Tout à coup, ils entendirent des voix qui provenaient d'un chéneau qui descendait le long de la fenêtre où se trouvait Jordy...

– Chut, écoutez ! Ça vient d'en haut !

Marine et Lisa reconnurent la voix de Christelle. Celle-ci discutait apparemment avec des jeunes fantômes, comme si elle était leur éducatrice. Sans crier gare, les jeunes gens se retournèrent en entendant un hurlement.

– Qui êtes-vous, et que faites-vous ici ?

Jordy s'était éclipsé par la porte qui se trouvait juste à côté de lui, et de ce fait, l'homme n'eut pas le temps de le voir partir.

– Qui, nous ? demanda Marine, l'air plutôt naturel, sans vouloir montrer sa peur devant cet homme. Nous regardons le paysage. Il fait si beau aujourd'hui. Vous ne trouvez pas ?

– Vous vous moquez de moi ! Il ne faudrait pas me prendre pour un lapin de trois semaines ! Vous n'êtes pas des fantômes, je ne vous ai jamais vus ici. Et vous madame, qui êtes-vous ?

– Qui, moi ? Je les accompagne dans leur mission. Vous voyez ces jeunes gens ? Ils ont un compte-rendu à retourner pour la fin de l'année. D'ailleurs, si vous voulez les aider à trouver ce qu'ils cherchent, vous serez le bienvenu.

Les adolescents la regardèrent avec fierté, comme pour lui dire merci d'être venue avec eux. Ils n'avaient qu'une envie, celle de pouffer de rire. Mais le regard et les paroles de l'individu les rendirent à la réalité.

– Bon allez, suivez-moi ! Nous allons régler le problème avec le responsable du centre.

Malgré leur façon d'être naturels, les choses n'auraient pas pu tourner plus mal. L'homme les conduisit dans ce qu'il appelait un bureau, mais qui n'était qu'un genre de cagibi, un peu plus grand que celui où les jeunes gens se retrouvaient pour se téléporter chaque fois qu'ils venaient chez les chelou. Ils s'assirent en silence sur des tabourets alignés le long du mur. Lisa était apeurée. Marine tournait et retournait dans sa tête toutes les excuses valables qu'elle pouvait trouver pour justifier leur présence dans les blockauss. Mais aucune ne lui paraissait convaincante, sauf si sa mère trouvait un moyen. Ce qui lui semblait très probable si l'on se fiait à son attitude de tout à l'heure qui pourrait être un très bon prétexte. Quant à Sacha, il restait silencieux, ce qui était sa façon à lui d'éprouver un malaise, comme la dernière fois lorsque le jeune garçon avait regardé le plafond.

– Ne bougez pas, je reviens tout de suite, ordonna l'homme.

Apparemment, il n'était pas un fantôme et n'avait pas non plus le pouvoir de se téléporter. C'est là que Marine eut une idée.

– Vous avez remarqué qu'il n'avait pas de pouvoir ?

– Oui, c'est vrai ce que tu dis, répondit Sacha qui était sorti de son silence. Je sais à quoi tu penses, ce qui me semble une idée géniale.

– Vous pourriez nous mettre au courant ? ajouta Lisa.

– Ni vu ni connu, on se téléporte au centre. Qu'en pensez-vous ? proposa Lisa. Mais on y va tout de suite, avant qu'il ne revienne.

Marine prit sa mère par la main. Oups ! Et en deux temps trois mouvements, les voilà arrivés au parc des *Rossignols* dans leur petit coin tranquille pour se RETROPELET à l'abri des curieux. Les adolescents décidèrent d'aller faire un tour en ville pendant que la mère de Marine retournait de l'autre côté du bâtiment en passant par le portail comme tout le monde.

– Et si on allait dans les magasins souterrains ? proposa Lisa.

– Bonne idée, je ne les connais pas, ajouta Marine. Tu es sûre qu'on a le droit d'y aller ?

– Aussi sûr que d'aller chez les chelou ! Si tu vois ce que je veux dire.

– OK ! répondit Marine.

Tout en discutant de ce qui s'était passé de

l'autre côté du mur, les jeunes gens arrivèrent devant des escalators et descendirent dans d'immenses espaces de commerces, avec plusieurs quartiers qui se trouvaient sous terre. Marine se sentait minuscule dans cette foule qui déambulait sous les lumières des enseignes lumineuses qui lui provoquaient un mal de tête. Certains étaient vraiment dédiés aux boutiques de vêtements, chaussures, lunettes et quelques restaurants par-ci par-là. Les filles étaient très attirées de voir tout ce qu'elles pourraient acheter si elles l'avaient pu. Mais c'était un jour où les éducateurs ne leur avaient pas donné un seul billet pour les frais de leurs trousseaux, ce qui était tout à fait normal, car des jours étaient attribués à chaque foyer du *Centre des Rossignols.* Pour les trois jeunes gens, ce n'était pas la bonne période pour recevoir leur pécule du mois, ce qui ne les empêcha pas de faire du lèche-vitrine tout en essayant de ne pas penser à la plume ni au maître-chanteur. Après tout, ils n'avaient toujours pas reçu de nouvelle lettre et ils pouvaient se permettre de prendre du bon temps. Des vagabonds faisaient l'aumône. Des gens de la rue, comme cet homme cracheur de feu, qui était entouré de tout un rassemblement stupéfait de sa manipulation des flammes. C'est après une heure de balade qu'ils se retrouvèrent dans une ruelle avec des cinémas, des salles de vidéos et même des musées d'art, qui intéressaient beaucoup Sacha. Celui-ci, d'ailleurs, proposa aux filles d'aller y jeter un coup œil en attendant le jour où il aurait une autre occasion pour visiter les lieux. C'est alors qu'en avançant droit devant eux, un homme grand et plutôt baraqué les stoppa net pour leur dire que c'était une journée privée. Sur ces entrefaites, les adolescents firent demi-tour, sans vouloir insister...

– Il est ouf, celui-là ! ajouta Lisa, après que les jeunes gens furent retournés sur leurs pas.

– Ce n'est pas grave, après tout il n'a fait que son boulot, répondit Sacha. En attendant, je vous propose de retourner au centre, il commence à se faire tard, et si on s'aperçoit de notre absence, on va manger bon.

***

Il est vrai que les adolescents ne s'étaient pas aperçus de l'heure. C'est ainsi que le garçon suggéra de se RETROPELET très vite dans un coin discret, avant qu'ils se fassent coincer. A ce moment-là, Cafard se trouvait à cinquante mètres d'eux. Affolé, Sacha proposa de se cacher.

– Il est zarbi celui-là, faut toujours qu'il soit là quand on ne s'y attend pas. Vite, planquons-nous !

– Trop tard ! répliqua Marine. Il nous a vus !

Le professeur s'avança tout droit vers les jeunes gens avec son air malin, comme s'il était content de les avoir piégés en train de faire les magasins.

– Que faites-vous ici ? demanda Cafard, très empressé d'avoir une réponse. Et ne me racontez pas de balivernes, je sais que vous n'avez pas l'autorisation de sortir. Alors j'exige des explications !

Pour la première fois, les adolescents furent incapables de trouver une excuse. Ils restèrent immobiles, les yeux fixés sur leurs chaussures.

– Je crois savoir ce qui s'est passé dans votre tête, reprit le professeur. Il ne suffit pas d'être ingénieux pour comprendre. Vous vous faites passer pour des génies de l'écriture, vous vous retrouvez au lycée et vous faites tout ce qu'il faut pour vous faire remarquer.

Les jeunes gens se regardèrent, en se disant que ce n'était pas vrai et qu'ils ne pouvaient pas le laisser dire des choses pareilles. Mais Cafard insista sur le fait que le jour où il les avait surpris sur les bancs de l'école, ce n'était pas un hasard.

– Je pensais que vous étiez plus raisonnables que ça, ajouta-t-il. Pour ma part, je ne suis pas en mesure de vous punir, mais Christelle sera informée de votre escapade dès ce soir. Maintenant, filez et sans RETROPELET, s'il vous plait. A pied !

– Monsieur, s'il vous plaît... supplia Marine. On vous promet de ne plus recommencer, mais ne dites rien aux éducateurs.

– C'est ce que vous m'avez dit la dernière fois et on voit le résultat, répondit-il. De toute façon, ce n'est pas à vous d'en décider. Allez oust, dépêchez-vous de rentrer avant que ça soit moi qui vous ramène aux *Rossignols*.

***

Marine et ses amis n'en dormirent pas de la nuit. Il faut dire qu'ils ne savaient pas trop quoi penser de tout ça. Car quand-ils étaient arrivés ce soir-là, personne ne leur en avait touché mot, ce qui les avait mis encore plus mal à l'aise. Et, le lendemain, ils retournèrent à l'école comme si de rien n'était. Dans la cour, Cafard les regardait à peine, comme s'il avait oublié ce qui s'était passé la veille. Ce jour-là, les jeunes gens étaient bien silencieux. Ça faisait la deuxième fois qu'ils attiraient l'attention sur eux, ce qui déplaisait fortement au professeur. Sans compter que ce n'était pas très encourageant pour retrouver la plume et le maître-chanteur, alors qu'ils étaient persuadés que c'était le professeur du pouvoir qui la possédait.

– Il a peut-être oublié, chuchota Sacha.

– Je ne crois pas, fit Marine. Je dirais plutôt

qu'il protège ses arrières. Je suis sûre qu'il sait ce que l'on sait.

– En tout cas, ajouta Sacha, s'il se doute qu'on le soupçonne, il ne fait rien pour nous empêcher de continuer nos recherches.

– Il serait bien bête, rétorqua Lisa. Pourquoi il le ferait, alors que nous sommes là pour la retrouver à sa place?

– Oui, c'est vrai, tu n'as pas tort.

C'est ainsi que Marine proposa d'aller faire un tour chez les chelou après les cours.

– Tu as une idée derrière la tête ? demanda Lisa à son amie qui se tortillait les cheveux tout en réfléchissant.

– Je pense que nous sommes bien loin de la vérité.

– Que veux-tu dire ? demanda Sacha.

– Je vous le dirai plus tard. Pour l'instant, on file en classe avant que Cafard nous fasse une crise. Vaut mieux ne pas se faire encore remarquer.

– C'est vrai que c'est lui que nous avons en première heure. Allons-y avant que la mémoire lui revienne, gloussa Sacha.

Arrivés en classe, Cafard commença par prévenir ses élèves que quiconque ferait du chahut pendant son cours serait immédiatement renvoyé avec l'interdiction de revenir avant une semaine.

Sous la table, Marine donna un coup de pied à Lisa et chuchota sans la regarder...

– Aïe, ce n'est pas bon pour nous, ça !

– Chut ! Ce n'est pas le moment de se faire encore repérer...

Le professeur continua son discours en s'adressant aux lycéens qui avaient écrit la moitié de leur livre.

– Moi, monsieur, affirma une adolescente...

– Moi aussi !

Il y avait quasiment la moitié de la salle concernée. Les autres avaient presque terminé leur roman. Le bruit commençait à se faire entendre. L'enseignant leur demanda de se taire avant qu'il décide de les mettre dehors.

– Bon, OK ! Pour tous ceux qui ont du retard, vous allez à droite, côté bibliothèque, et vous prenez tous un livre sur les étagères. Ensuite, vous continuez de vous inspirer au pied de l'arbre des *Rossignols.* Quant aux autres, vous vous rangez à ma gauche et chacun votre tour vous me faites passer votre manuscrit pour que je le corrige. Ensuite, je ne veux plus rien entendre !

Sacha et ses amies firent partie des premiers à avoir terminé. C'était à se demander comment ils y étaient arrivés alors qu'ils passaient la plupart de leur temps à chercher la plume et le corbeau. Il faut dire aussi que Marine avait été très douée pour aider ses camarades.

– Je suis sûre qu'il y est pour quelque chose ! déclara– t-elle en ayant du mal à comprendre pourquoi leur professeur se conduisait de cette façon avec eux. Après tout, ce n'est pas parce que c'est un prof que c'est un saint ! Tout comme l'éducatrice et la mère Gratter, d'ailleurs.

– Je suis d'accord avec toi, Marine, je n'ai aucune confiance en Cafard. Mais je me demande bien pourquoi il nous ignore, fit Lisa.

Marine se posa la même question lorsqu'elle donna son manuscrit au professeur qui ne disait toujours rien de cette journée passée en ville. Ce soir-là, la jeune fille n'arrivait pas à trouver le sommeil et décida de se lever pour attraper ses vêtements qui étaient posés sur la chaise de son bureau. Doucement, sans faire le moindre bruit, elle descendit l'escalier pour aller s'habiller dans le hall d'entrée.

***

C'est alors que Lisa se réveilla dans la nuit et s'aperçut que la couchette de son amie était vide. Elle prit peur et se retourna dans tous les sens pour comprendre où elle avait bien pu passer. Mais rien ne lui venait en tête. A part peut-être qu'elle aurait pu aller voir Jordy. Le lendemain matin, Lisa fut très étonnée de revoir Marine dans son lit, comme si elle ne l'avait jamais quitté, mais avec un air très fatigué. L'adolescente lui demanda pourquoi elle avait découché une bonne partie de la nuit. La jeune fille lui raconta ce qu'elle avait vu chez les chelou.

– Je n'arrivais pas à m'endormir et j'ai voulu aller voir Jordy pour qu'il m'en dise un peu plus sur le prof. Pour moi j'étais sûre qu'il était zarbi, mais ce n'est rien à côté de ce que j'ai vu…

– Qu'est-ce que tu as vu ?

– J'ai vu Sacha avec l'éducatrice chez les chelou. Jordy était avec moi et on a tout entendu de ce qu'ils se disaient. Tiens-toi bien… Sacha est le maître-chanteur… avec Christelle.

Lisa ouvrit de grands yeux.

– Ce n'est pas possible, il n'aurait jamais fait un truc pareil ! Il était tout le temps avec nous. Et quand on a reçu la lettre, il était encore avec nous… Tu te trompes, tu as dû confondre avec quelqu'un d'autre, insista Lisa qui avait beaucoup de mal à la croire.

– Je t'assure que c'était bien lui et je ne me trompe pas ! Mais si tu veux, on peut aller le voir et on lui pose la question.

Une heure plus tard, les deux filles étaient prêtes pour aller en classe et rejoindre leur ami. Tous les trois se retrouvèrent dans la cour de l'école, discrètement, dans un coin où ils avaient l'habitude de se retrouver.

– Qu'est-ce qui se passe, pourquoi avez-vous cet air furax ? s'inquiéta Sacha.

– Je t'ai vu cette nuit chez les fantômes, affirma Marine très en colère. J'ai tout entendu, alors pas la peine de nous raconter des cracs. Nous savons que tu veux la plume. Et quand je pense qu'on accusait Cafard et que l'on était prêtes à aller voir le proviseur pour tout lui raconter.

– Ecoutez ! Vous avez raison, je ne veux pas me défiler, mais il me faut cette plume à tout prix...

– Oui, mais pourquoi, qu'est-ce qu'elle va t'apporter ? fit Lisa. Ce que je ne comprends pas, c'est que tu avais des amies, dont une qui pouvait t'aider et qui t'aide encore à écrire ton livre.

– La plume n'est pas pour moi ! déclina Sacha. Mais pour quelqu'un d'autre qui ne veut pas se faire connaître.

– Quel est ton intérêt de l'avoir si tu ne sais pas qui la veut ? répondit Marine. Je crois que tu nous caches des choses beaucoup plus importantes que tu veux nous le laisser croire !

Le garçon se sentit très mal à l'aise et jeta un regard gêné sur Marine en tournant la tête, comme pour éviter l'expression aigrie de son amie. Mais la jeune fille insista pour en savoir davantage.

– Cafard est aussi le prof des chelou.

– Prof de quoi ? Explique-toi ! On ne peut pas enseigner à des morts-vivants...

– Ben si, on peut ! Il leur donne des cours de savoir-vivre et de littérature. C'est ainsi qu'à la fin de l'année, pour tous ceux qui auront réussi l'examen du meilleur comportement, il les aidera à écrire un roman sur leur renaissance pour rentrer dans leur histoire. Il est vrai que la plume irait tellement plus vite pour eux s'ils l'avaient dans les mains, mais il ne voudrait surtout pas que les fantômes pensent que c'est aussi simple.

– Et pour les autres qui échouent à leur examen, comment cela se passe ? demanda Lisa.

– Ils vont rejoindre la lumière.

– Et toi, qui es-tu pour vouloir me voler ma plume ? dit Marine en colère.

Sacha se sentit vexé. Et décida de tout révéler.

– Je vais tout vous dire, mais avant ça, je voudrais que vous me fassiez la promesse de ne rien dire au directeur du *Centre des Rossignols*.

– Qu'est-ce que le directeur vient faire là-dedans ? demanda Lisa, spontanément.

Le garçon avait beaucoup de difficulté à leur expliquer pourquoi il voulait tant la plume. Sacha se sentait tellement fautif de ne leur avoir rien dit. D'un autre côté, il savait qu'il devait se taire. Mais aujourd'hui il n'avait pas le choix, même s'il risquait de perdre ses amies.

– Je dois vous dire que Christelle est ma sœur.

– Ta sœur ! proférèrent Marine et Lisa, très étonnées.

Les filles se regardèrent d'un air estomaqué.

– Je me doute que vous soyez surprises, mais il m'était impossible de vous en parler. Maintenant que vous êtes au courant, je peux tout vous dire. Le directeur du centre nous a fait du chantage à ma sœur et à moi pour que nous lui trouvions la plume magique. Sinon, il me refusait au lycée des *Rossignols*. Et il en a tout le pouvoir. Il faut savoir que pour moi, rentrer dans une école des écritures a toujours été mon rêve. Et ce que j'aime avant tout, c'est de transformer un livre simple comme *le Rallye de l'Effraie* en fantastique. Et ma sœur ferait n'importe quoi pour que je réussisse. Quant à l'histoire de la mère Gratter, vous la connaissez déjà.

– Si je comprends bien, ajouta Marine, le directeur est le méchant. Ainsi que la mère Gratter qui s'est servie de Jordy. Pourquoi veut-il absolument la plume ?

– Pour la détruire ! répondit Sacha. Il est contre l'idée de Cafard de donner une nouvelle chance de vie aux fantômes.

– Pour quelle raison ? ajouta Lisa. Je croyais qu'il était là pour faire le bien aux ados. Puis d'abord, ce n'est pas à lui d'en décider, mais plutôt au proviseur du lycée.

– C'est un homme borné, désagréable, et prêt à tout pour arriver à ce qu'il veut. Il estime que les fantômes sont là pour rejoindre la lumière, et que personne ne doit contrarier ses opinions.

***

A ce moment-là, la cloche de l'école retentit. Les trois jeunes gens se précipitèrent pour rentrer en classe. C'est alors que dans la cohue les filles s'aperçurent que Sacha n'était plus là. Elles le cherchèrent dans la foule tout autour d'elles, levèrent la tête, pivotèrent sur elles-mêmes, mais le garçon était introuvable. Arrivés en cours, tous les élèves s'assirent à leur bureau. Il ne restait plus que la chaise vide de leur ami. Les adolescentes étaient inquiètes et avaient beaucoup de mal à se concentrer sur la leçon d'histoire du professeur. La matinée s'avérait bien longue pour les deux filles. Marine était beaucoup trop préoccupée par l'absence de Sacha pour écouter ce qui se disait dans la salle. Surtout qu'elle se sentait tellement fautive de sa disparition soudaine. Quant à Lisa, elle essayait de tuer le temps en faisant des dessins sur son cahier pour éviter de penser que ça pouvait être aussi de sa faute.

C'est après trois heures de contrôle d'histoire et de géographie que tout le monde sortit du cours en se bousculant, pressé d'aller rejoindre le réfectoire. Sauf pour les deux filles qui se précipitèrent dans la cour de l'école pour se réfugier derrière la haie du lycée et se téléporter en toute discrétion. Elles étaient déterminées à retrouver leur ami, quitte à y passer la journée. Mais leur quête s'avérait être beaucoup plus longue qu'elles ne l'auraient pensé, et chaque jour les adolescentes prirent un moment sur leur temps libre pour partir à la recherche de Sacha, qui restait toujours introuvable.

Chapitre 8

L'examen

Les mois suivants s'écoulèrent lentement et les filles n'avaient toujours pas retrouvé Sacha. Jordy les avait aidées au mieux, en écoutant ce qui se disait et en passant à travers les murs. Mais il n'avait rien découvert de suspect dans les blockauss.

C'est après une quinzaine de jours avant l'examen que les filles découvrirent des lieux entièrement déserts. Les chelou avaient disparu. Il ne restait plus que Jordy qui se trouvait bien seul et surtout très inquiet de son avenir. Car sans la plume pour rentrer chez lui, il était condamné à vivre ici, et il le savait. Marine et Lisa furent très surprises de ne pas voir un seul fantôme, alors qu'il n'y avait pas si longtemps ils étaient plus d'une trentaine à déambuler de mur en mur et de porte en porte.

– Ha, vous voilà enfin ! s'écria Jordy.

– Pourquoi, qu'est-ce qui se passe ? demanda Marine.

– Jusqu'à maintenant, je ne trouvais rien de zarbi, mais aujourd'hui tout le monde s'est volatilisé !

Tout en se téléportant de pièce en pièce, les filles constatèrent qu'il n'y avait pas âme qui vive, aucun esprit volage dans les parages.

– Mais il n'y a pas un seul fantôme ici ! Où sont-ils passés ? questionna Marine.

– C'est ce que je viens de vous dire, je suis tout seul ici.

Les trois jeunes gens prirent un moment de réflexion, et très vite Marine proposa d'aller tout dire à Cafard, ce qui était pour elle le seul moyen de mettre les choses au clair et surtout pour sortir Jordy de cette galère.

– Tu plaisantes, Marine ! dit Lisa. C'est le seul en qui je ne fais pas confiance.

– Pourquoi ? D'après ce que nous a expliqué Sacha, il ne veut de mal à personne. Enfin, je crois. Je suis sûre qu'il pourrait nous éclaircir sur tout ça, et peut-être même que c'est lui qui a la plume, insista Marine.

Jordy, qui restait silencieux, finit par leur dire que ça serait sûrement une très bonne idée. Car jusqu'à maintenant, il n'avait jamais ressenti un malaise envers ce professeur si mystérieux.

– OK, on se jette à l'eau ! décida Lisa, pas très convaincue malgré tout. Si Sacha ne nous a pas raconté de crac... pourquoi pas ? Qui ne tente rien n'a rien.

Avant que son amie ne change d'avis, Marine la prit par la main, et oups, les deux adolescentes se retrouvèrent au lycée des *Rossignols*. Le professeur était assis à son bureau en train de regarder par la fenêtre, où il avait pu apercevoir les deux élèves atterrir dans un coin de la cour. Sans hésiter, il se leva de sa chaise et vint rejoindre les filles, apparemment agacé.

– Que faites-vous ici, et d'où venez-vous en RETROPELET ?

Avant que Cafard continue de les sermonner, les filles expliquèrent qu'elles devaient absolument lui parler de choses graves. C'est alors que le professeur leur proposa de le suivre dans son bureau.

– Je vous écoute ! Asseyez-vous ! dit-il.

Marine et Lisa restèrent debout, déterminées à tout raconter à cet homme au visage froid, en qui elles ne faisaient aucune confiance.

– Je n'aurais jamais cru ça de vous. Vous avez enlevé notre ami, volé ma plume qui m'a été offerte pour Noël et pour couronner le tout, vous nous avez fait du chantage, proféra Marine très en colère et en même temps désolée d'avoir ce ressentiment pour son professeur.

– Je t'arrête tout de suite, Marine. Je ne comprends pas tout mais d'après ce que tu me dis, je suis un voleur, un kidnappeur, et un maître-chanteur. Ce qu'il y a, c'est que dans tout ça, je ne me reconnais pas. En revanche, je suis au courant pour la plume et je sais qu'elle a été volée. Mais pour le reste, il faut que tu m'expliques ça plus tranquillement.

Lisa prit alors la parole en laissant son amie se calmer. Elle raconta toute l'histoire, en commençant par le roman du *Rallye de l'Effraie*. C'est ainsi que Cafard leur expliqua qu'il était l'enseignant des fantômes et que la plume magique lui avait été proposée par le directeur du *Centre des Rossignols*, mais à la seule condition de la retrouver. Ceci lui paraissait un bon compromis pour aider les chelou dans une nouvelle vie, surtout que c'était un excellent moyen de faire revivre son fils péri dans l'incendie. Et puis, il y avait eu ce jour où Christelle était venue le voir pour lui parler de son secret à propos de son frère Sacha, qu'elle n'arrivait plus à gérer toute seule.

– Et nous, aujourd'hui, nous voulons absolument retrouver cette plume pour sortir mon ami Jordy de cet endroit qui n'est pas le sien, déclara fermement Marine.

– Je vous comprends très bien, les filles ! Mais cette plume, je ne l'ai pas. Au fait, j'y pense...

si Christelle ou Sacha, même vous et moi ne l'avons pas... Alors j'aurais peut-être une idée. Allez m'attendre dans le parc du foyer, je vous y rejoins dans une petite demi-heure.

***

Pendant que les filles attendaient assises sur l'herbe à réfléchir à toute cette histoire, Cafard était allé rendre une petite visite au directeur pour éclaircir cette affaire qui commençait à devenir inquiétante pour le professeur des pouvoirs.

– Tu crois qu'il va retrouver la plume, et que Jordy pourra repartir chez lui aujourd'hui ? demanda Marine à son amie.

– Je ne sais pas ! Peut-être que oui, ou peut-être que non ! fit Lisa qui n'était pas très douée pour réconforter la jeune fille.

Après trois-quarts d'heure à se promener au milieu des parterres de fleurs, les adolescentes virent arriver Cafard avec un écrin à stylo.

– Le voilà ! s'écria Lisa.

Il s'approcha d'elles, l'air plutôt satisfait.

– Alors, vous l'avez ? demanda Marine, qui avait compris en regardant ce qu'il tenait dans sa main droite.

– Oui, je l'ai ! dit-il.

– Que s'est-il passé, comment avez-vous fait ?

– Je me doutais de quelque chose et je suis allé voir le directeur pour lui poser la question. D'ailleurs, quand il a vu la tête que je faisais, il s'est tout de suite douté pourquoi je venais le voir.

C'est alors qu'ils entendirent une voiture arriver et se garer tout près du bureau du directeur.

– Si je comprends bien, vous avez appelé la police pour l'arrêter, ajouta Marine.

– Oui, il sera jugé pour tous les crimes qui lui sont reprochés.

– Quels crimes ? questionna Lisa qui trouvait ça un peu exagéré d'appeler les forces de l'ordre.

– Il est l'auteur des chantages et de l'incendie du bâtiment où vivent maintenant les fantômes.

– C'est lui qui les a... ajouta Lisa.

– Oui, c'est bien lui ! Ainsi que madame Gratter qui était sa complice depuis plusieurs années.

– Ben ça, alors ! ajouta Marine, l'air ébahi.

Lisa qui n'en revenait pas se demandait si avec tout ça elles seraient punies d'avoir désobéi aux règlements du lycée. Quant à Marine, elle n'avait qu'une chose en tête : c'était d'annoncer la nouvelle à son ami, qui en ce moment devait d'ailleurs se faire beaucoup de soucis. Quand elle en parla à Cafard, celui-ci lui révéla qu'il l'avait renvoyé chez lui et qu'il lui faisait dire qu'il attendait sa visite avec son amie, après leur examen. Mais à un détail près: qu'il n'aurait plus aucun souvenir de ses derniers mois passés avec elle.

***

La semaine suivante s'écoula lentement. Les filles étaient presque contentes d'avoir rendu leur manuscrit dans les temps. Sauf qu'il manquait Sacha à l'appel et qu'elles n'avaient aucune idée de l'endroit où il se trouvait. Ce qu'elles regrettaient fortement, car au jour d'aujourd'hui, le *Centre des Rossignols* avait un nouveau directeur qui donna son accord pour réécrire des romans classiques en fantastiques d'après les classiques qui se trouvaient dans une bibliothèque abandonnée depuis de nombreuses années. Après une longue période, Marine et Lisa, assises sur un banc de l'école, attendaient les résultats de leur livre de fin d'année. Il ne restait plus qu'elles dans la cour. Les autres élèves avaient déjà eu les corrigés dans la matinée. C'est alors qu'elles entendirent la voix d'un surveillant...

– Venez les filles, on vous attend dans la salle de classe.

***

Elles arrivèrent devant le professeur qui les regardait avec son même sourire narquois et leur demanda de s'asseoir.

– Vous avez eu des pénalités pour toute cette année. Mais vu votre acharnement qui a permis de découvrir le maître-chanteur et retrouver ta plume, Marine, tu es admise, ainsi que Lisa, pour le voyage scolaire et aucun blâme ne sera retenu contre vous. Vous partirez le 3 juillet pendant deux mois ! Je vous souhaite de bonnes vacances, et à l'année prochaine.

Les adolescentes sortirent de la pièce, pressées de laisser éclater leur joie. Tout à coup, Cafard les rappela, en leur faisant signe de revenir vers lui.

– Qu'est-ce qui se passe ? demanda Marine, le visage inquiet.

– Vous êtes attendues dans la salle d'animation.

Les filles se regardèrent avec un air soucieux et, tout en suivant le professeur, elles chuchotaient, agacées. Arrivées devant la porte de la salle, elles la poussèrent avec prudence. A ce moment-là, juste devant elles... Sacha se tenait debout près de la fenêtre en leur souriant.

– Sacha ! s'écria Marine, qui n'en revenait pas.

– Oui, c'est bien moi, je suis désolé de m'être enfui comme je l'ai fait.

– Que s'est-il passé, et où étais-tu depuis tout ce temps ? ajouta Marine.

– J'étais obligé de partir, mais un jour je vous raconterai pourquoi, et puis maintenant que vous avez votre exam, il faut penser à autre chose. Vous allez pouvoir réaliser votre vœu.

– OK, t'as raison, mais le principal c'est que tu sois de retour parmi nous, ajouta Marine, le sourire aux lèvres. Au fait, tu n'as pas pu finir ton roman du *Rallye de l'Effraie* ! T'inquiète, on a une bonne nouvelle pour toi.

– Oui, pour la nouvelle je suis au courant. Quant à mon livre, j'ai pu le terminer grâce au nouveau directeur.

– Wesh ! Vive les vacances ! crièrent les filles en tournoyant sur elles-mêmes.

Cafard, qui avait suivi toute la scène des retrouvailles, s'éclipsa lentement, en laissant les trois jeunes gens célébrer leur examen dans la salle de réception des professeurs. C'est ainsi que, plus tard dans la soirée, tous les autres élèves des *Rossignols* se retrouvèrent pour faire la fête de fin d'année. Et une heure après que la surprise-partie eut bien évolué, les amis de Marine continuèrent à fêter leur événement. La jeune fille en profita pour se téléporter de l'autre côté du mur en espérant revoir sa mère. Mais elle lui avait fait faux bond en lui laissant un mot sur la porte de l'établissement où les deux femmes s'étaient vues pour la seconde fois. L'adolescente fut très déçue de l'avoir manquée. Elle se demanda si se n'était pas mieux ainsi. Car malgré tout, le message qu'elle lui adressait lui faisait bien comprendre qu'il ne fallait surtout pas que sa fille essaye de la retrouver. Elle continuerait sa vie sans la mère Gratter, actuellement en prison pour un certain temps. De toute façon, elle ne pourrait plus s'occuper d'elle.

Ne t'inquiète pas pour moi et continue ton chemin dans le monde de l'écriture et de la lecture. Tu verras, un jour quand tu seras adulte, la vie continuera à te sourire.

Ta maman qui t'a toujours aimée et qui t'aimera jusqu'à la fin de sa vie.

FIN

Gérard Georges, écrivain publié nationalement (Calmann-Lévy et Les Presses de la Cité) et auteur de nouvelles aux Editions Revoir (*Le Vallon du Sans Souci*) et Chantal Arnaud, auteur de ce beau roman pour la jeunesse, qu'il a accompagnée dans son travail d'écriture.